我需要和你谈谈

裘山山 / 著

杨晓升 / 主编

江苏凤凰文艺出版社

图书在版编目（CIP）数据

我需要和你谈谈 / 裘山山著. -- 南京：江苏凤凰文艺出版社，2025.6. --（她决心不再等待春天 / 杨晓升主编）. -- ISBN 978-7-5594-3695-5

Ⅰ. I247.5

中国国家版本馆CIP数据核字第20254KV162号

我需要和你谈谈

裘山山　著　杨晓升　主编

责任编辑	项雷达
图书监制	古三月
选题策划	孙文霞　王　婷
版式设计	姜　楠
封面设计	刘孟云
责任印制	杨　丹
出版发行	江苏凤凰文艺出版社
	南京市中央路165号，邮编：210009
网　址	http://www.jswenyi.com
印　刷	三河市宏图印务有限公司
开　本	880毫米×1230毫米　1/64
印　张	3.5
字　数	65千字
版　次	2025年6月第1版
印　次	2025年6月第1次印刷
书　号	ISBN 978-7-5594-3695-5
定　价	119.80元（全五册）

江苏凤凰文艺版图书凡印刷、装订错误，可向出版社调换，联系电话025-83280257

目录

我需要和你谈谈／裘山山

我需要和你谈谈

裘山山

一

见到您真的太高兴了。您和我想象的一样,温和、亲切。一看见您,我之前的忐忑不安就消失了。

谢谢您这么快就和我见面了,真的,非常感谢。在经历了那些事情后,我总是失眠,心情压抑。丈夫让我去找心理医生,我不愿意,我不想被医生分析过去分析过来的。我没有心理问题,我就是有点儿郁闷。谁又不郁闷呢?母亲常说,活着,并且郁闷。

我就是想找人聊聊。我需要说说,再不说我就会……其实也不会怎么样,死不了,只是很憋、很难受,也许会出现精神上的心肌梗死。

在给您打电话之前,我把我的朋友想了个遍,怎么也找不到合适的人。以前我听人说过,最苦恼的时候找不到人诉说。我当时还不以为然,暗想,是不是他们交的朋友质量不够高?这一次我体会到了。这和朋友的质量没关系,而是是否合适的问题。所以,我还是决定找您,和您谈谈。

真不好意思,打搅您了。这并不是什么好差事,没有哪个人会对别人的事长时间热衷而不厌倦的。即使是热恋中的人，倾听也需要互相交换，你说一段、我说一段。对吧？人的本能决定了人百分之九十关注的都是自己。这与道德无关，是人的自私的基因决定的。我母亲说的。

可是我找您，只能让您一直听我讲了。您不是我的朋友，也不是我的心理医生，我也只能厚着脸皮这么做了。我们素昧平生，仅仅是一通电话，仅仅是凭一句"我是您的读者"，您就答应了我，真让我又感动又感谢。

您喝茶。这是我特意从家里带来的茶，我怕茶室的茶不好。这个茶是去年我跟一个懂茶的朋友买的，蜜兰香单枞，香气实在是迷人，迷人到奢侈。因为比较贵，我只买了一百克。但喝了一次之后，就再也没时间坐下来品它了，差点儿忘了买过它。您闻闻，是不是很香？

我受母亲的影响，很喜欢文学。只是我母亲偏重古典文学，我更喜欢当代文学。我从上大学起就订了几本文学期刊。您的小说我就是从那些期刊上读到的。我印象深刻的一篇是，您写了一位退休教师，独居，为了打发难熬的日子，她每天都按课表来。比如早上买菜是早读，看报纸是第一节课，写毛笔字是第二节课，还有社会活动什么的，对吧？我印象太深了。课间休息就是做游戏，悄悄趴在门边，猜测那些路过她家的脚步声是谁的。

看得我又好笑又心酸。您是怎么知道这些的？您认识这样一位老师吗？不好意思，我是外行。

读您的小说，我感觉您很善解人意。所以我到处打听您的电话。我感觉若能和您聊聊，将是我人生中的幸事。

我不是想聊我自己，我这个人挺乏味的，没什么特别的经历。我是想和您聊聊我的母亲。

我的母亲，我该怎么介绍我的母亲呢？

说来也很普通，她是个退休编辑，生于二十世纪五十年代初。在一般人眼里，就是个气质不错的大妈。可是在我眼里，她很了不起，一直是我的偶像，做她的女儿我压力很大。这样说吧，截至今年春天，我都一直以为我母亲永远都是那个让我佩服的母亲，不会改变。可能很多子女都会觉得，自己的父母会一直在那儿，在他们身后，在某个角落，默默存在着，以备他们不时之需。更何况我的母亲那么强大，在我眼里，她有一个金刚不坏之身和一个金刚不坏之脑，真的，我一直这么以为。

可是没想到她出了问题，且来势凶猛。我一下感觉我的世界都坍塌了。我这才意识到，我的世界是以我母亲为底座的。底座一松动，整个世界就摇晃起来。

我母亲病了，并不是一般意义上的绝症。如果那样，我会非常悲伤、难过、痛苦。但不会混乱。而现在的我，是陷入了混乱。因为混乱，我在和您谈话时可能也会混乱，想到哪儿说到哪儿。您如果不清楚，就打断我，问我好了。

二

就从今年三月说起吧。当生活状态混乱的时候，只能顺着时间之河走了。您过奖了，我哪里擅长表达。不过我的确是个老师，已经有十五年教龄了。

我记得很清楚,是三月下旬,天气已经暖和了,阳光让大地肿胀发亮。那天下课我走出教室,心情愉悦。我喜欢春天,不要说百花争艳了,光是树叶都有十几种颜色。我心情愉悦还有个原因,上午的课很顺利,我自己发挥得不错,同学们的反应也可圈可点。

可有时候就是这样,好日子的跟前就埋着一颗雷,你不知道什么时候就踩到它了。我一边走一边从包里取出手机,上课时,我总是把手机调成静音。一看,居然有三个未接电话,都是小姨打来的,这种情况很少见。

我马上回电话。小姨上来就说,你妈今天和你联系过吗?我说没有啊,怎么了？小姨说，咳，你怎么不接我电话？急死我了。我说，我在上课，手机关静音了。

小姨低声说，你妈好像不对劲儿。我妈？她怎么了？小姨说，今天一早她发信息给我，就一句话：我需要和你谈谈。我一看那么严肃，连忙问她谈什么，她不回我，我又问在哪里谈，她还是不回我。我就直接打电话过去，她不接。我心里不对劲儿，只好给你打电话，你也不接，急死我了。

我说，她可能人机分离。

小姨说，哪里呀，我还没说完呢。我就干脆去她家了。我想她一个人在家，会不会有什么事。没想到她不在家，更没想到的是,她的钥匙插在门上。我再打电话给她,她还是不接。你说是不是很奇怪?

我有些心慌了,母亲从未这样过。但我还是安慰小姨说,也许我母亲有什么急事出门了,忘了带手机。

小姨说,不。以我对你母亲的了解,没那么简单。你都知道的,她手机不离身,接电话回信息都很快的,像个年轻人。而且干什么都很有条理,还老批评我糊涂,经常告诫我出门前要念一句"伸手要钱(身份证,手机,钥匙,钱包)"。可是她居然把钥匙插在门上没拔,她这辈子都没发生过这样的事。

在小姨讲述的过程中，我的心不停地晃荡，像十五个水桶，还是漏水的桶，七上八下。我催问，后来呢？

小姨说，我就一直等着，因为她钥匙插在门上，我就开门进屋等她。后来她回来了，若无其事地拎着菜。我总算松了口气，我埋怨她：你干吗呢，怎么不接我电话？是不是忘带手机了？她说带了的，不带我怎么买菜。我说，那我给你打了几个电话你都没接？她拿出手机看了一眼，很淡定地说，哦，我关了静音。我说，你怎么钥匙插在门上就走了？你妈这才略略有些吃惊：是吗？不会吧？我说，不然我怎么进来的？你妈说，哦，我出门后感觉要下雨，又返回来拿伞，就忘了。

小姨说,你妈跟我解释的时候,有点儿紧张,像犯了错误似的,也不抬眼看我。她很少这样,她总是底气很足。这一来搞得我也紧张起来,也不敢再说她什么了。

我安慰小姨说,难免的,毕竟她也是奔七的人了。

小姨说,我怎么感觉心里很不踏实?总觉得她跟你爸离婚后,有点儿不对劲。你不觉得吗?

我说,他们离婚后我去看过她几次,好好的呀。

小姨叹了口气,说但愿没事。

我放了小姨的电话，打开微信，赫然发现母亲也给我发了一条同样的信息：我需要和你谈谈。

看来她不只给小姨发了，也给我发了。问题是，谈什么？谈她为什么离婚吗？一个月前当我追问她为何离婚时，她说她还没整理好，整理好了会和我谈的。

我犹豫了一下，没给母亲打电话。我不想让她知道小姨给我来过电话，不想让她知道她今天的糗事已经被我知道了。我若无其事地给她回了条微信：我刚下课。你想什么时候谈呢？

母亲好一会儿才回复了一句：发错了。

这回复实在不像我的母亲。母亲极少发错短信,而且还连续发错两个人,而且还是这样的内容(而不是"周末你们来不来")。"我需要和你谈谈",一句多么沉重的严肃的甚至是预示着麻烦的话。

但我没再追问下去。我心里替她辩解,她六十八岁了,奔七了。出错难免。比起同龄人,她已经算脑子很灵光的了。我有些自责,我已经有一个星期没去看母亲了。刚开学太忙。但我还是告诉自己,这不是理由。母亲现在是单身一人,而我是她唯一的女儿。

我提醒自己,母亲不再是过去那盏省油的灯了——过去不但省油,还总给我光亮,我得多去看看她。尤其是,她现在是一个人。

我给父亲打了个电话,父亲也没接。父亲没接很正常。我收拾东西准备回家,刚坐进车里,父亲的电话就回过来了。

我调侃说,刚才是不是在麻将桌上,顾不上接电话呀?父亲不好意思地嘿嘿两声。我说,我妈今天联系你了吗?父亲说,没有吧?我看一下手机哈……哦,有条她的短信:我需要和你谈谈。父亲一字一顿地念出来,念出这句让我心里发怵的话。

父亲发牢骚说,奇奇怪怪的,谈啥子

吗？在一起都不跟我说话，现在谈啥子谈，又起啥子幺蛾子。

原来，母亲发错的是三个人。不，说不定还不止，说不定她搞成群发了。幸好她朋友圈人少，据说不超过三十个。我敷衍了父亲两句，直接开车去了母亲家。

您可能不理解，一个六七十岁的老人出点儿差错，丢三落四，有什么可紧张的。但我母亲她不是个一般的老人。容我慢慢讲来。

那天晚上，我在母亲那儿待了很久，陪她一起吃了饭，又陪她聊了好一会儿。我没再提她今天发错信息的事，如果她意识到自己做错了什么，她会忐忑不安。因为，她是个不犯错误的人。我不想加重她的不安，我只是旁敲侧击地询问她最近如何。

母亲就讲了她最近在听的书，在追的剧，在玩儿的游戏——母亲总是把自己的生活安排得很丰富，她是个游戏高手，什么斗地主、赛车都是小意思，她还会玩儿《魔兽世界》呢。

整个聊天过程中，我感觉母亲挺正常的，基本没什么异常。

我之所以说母亲"挺正常""基本没什么异常"，而不是说非常正常，完全没有异常,是因为,我还是感觉到了她的一点变化,比如,我感觉到她急于跟我说话,像过去那样滔滔不绝。可是说的时候又经常卡壳,你能感觉到一个词从她嘴里出来时,被某个看不见的东西挡住了。这样的阻挡让她焦虑。这样说吧,以前她总是谈笑风生,现在谈笑依旧,不再生风。

回家后我给小姨打电话,让她放心,我说,我去看过我妈了。她挺好的。今天这事儿应该就是个意外,偶发事件。

但小姨不能释怀,坚持说母亲有点儿反常,坚持认为她离婚后变了。好像非要坐实母亲反常才罢休。我只好反驳她说,虽然离婚是个大事,但我妈不可能因为离婚就反常。因为她不是被动离婚的。离婚完全是她一手策划并实施的。也就是说,离婚是顺了她心意的,干吗要影响情绪呢?

小姨欲言又止的样子,叹了口气。

三

您问我母亲是什么时候离婚的?就是今年。

对了,我应该先跟您说说离婚的事。

似乎每件事，都有一个更远的开始，追究起来，不知哪个是真正的源头。

我还是倒回到二月吧。他们是二月离婚的。

您肯定很惊讶。很多人都惊讶，一对已经结婚四十年的夫妇，突然离婚了。一个六十八岁，一个七十二岁，就算不是离婚夫妻中最年长的，至少也是很靠前的。

我母亲素来能干并且强势，以她的能力，把离婚的事打理得波澜不兴，我也不会意外。但母亲打定主意后才打电话告诉我，我还是有些生气，甚至震怒。

当她简单明了地告诉我,她要和我爸分开时,我冲着电话大叫起来:为什么?为什么!

你不觉得我们不合适吗?她慢条斯理地说。她总喜欢用反问句式,动不动就反问,好像一反问她就很在理似的。

我生气地回答说,不觉得!

母亲说,那我来告诉你,我觉得我们不合适。

我依然很生气:不合适?不合适你们也结婚四十年了,都过了金婚了!

母亲依然慢条斯理地说,五十年才是

金婚呢。就算是金婚,也没谁规定金婚不能离的。

我母亲是典型的永远有理,真理的妈。我肯定说不过她。她看我那么生气,劝解似的说,你不用那么气,每天都有成千上万的人在离婚,离婚率快赶上结婚率了。我说,那些主要是年轻人啊,你怎么也这么冲动?母亲说,我不是冲动,我很慎重。我说,我倒想知道你有多慎重。母亲说,不急,等我把所有的事情整理好了,就和你谈,我会详详细细地告诉你。

好吧。我气呼呼地说,那我就等你通知我。

我这样说，一个是不相信她真的会和父亲离婚，春节时我们全家还好好地在一起团年呢，还热热闹闹的呢。我总觉得有可能是他们吵了架，一时冲动而已。再一个，我也知道，只要是母亲不想说的事，你问也问不出来。必须等到她想谈的时候再谈。她不喜欢被动。

可是母亲一直没给我电话，一直没"详详细细"地告诉我。

我有些急，就找了个时间回家，想当面问清楚。没想到等我回家时，父亲真的不在这个家了。母亲说父亲租了个房子，搬出去住了。

这下我真的受不了了,不光是生气,还难过。这不只是她的家,也是我的家呀。妈,你们到底怎么了?我几乎是用哭腔在问她。她沉吟了一会儿说,我们没怎么,是我想分开。我终于忍不住哭了,我说,这也是我的家呀,你怎么能说拆散就拆散?她递了张纸巾给我,小声说,对不起。我甩开她的手,冲出门去。

他们还真的离了,风平浪静的,不光没有"官宣",连亲戚朋友都不知道。你想我这个做女儿的都是懵里懵懂的——离之前没征求我意见,当然,离之后也没给我添什么麻烦。虽然有点儿添堵。

或许添堵不亚于添麻烦。

我准备和父亲谈谈。其实母亲一开始告诉我的时候,我就想去问父亲的,可是我一直抱有一线希望,母亲的提议被父亲否决。以我的直觉,离婚肯定是母亲的意思。但显然,父亲的一票没起作用。

果然,父亲见我问离婚的事,眼里闪过一丝难过、一丝悲伤。但很快就掩饰过去了,用他那种憨厚的笑容,那种一辈子都不在意委屈的笑容掩饰过去了。

他说,嘻,这离婚比我想的好,挺自在的。

我直截了当地问,为什么离?谁提出来的?

父亲看着我，似笑非笑，那意思是说，那你还能想不到？这么"奇葩"的事除了你老妈谁会提出来。

父亲和母亲分开后，租了个房子，就在他们原来的家旁边。父亲解释说之所以租那个房子（离母亲那么近），是他离不开几个老麻友。父亲搬进去后，马上买了张麻将桌，放在仅有的一室一厅里，把几个老麻友叫到家里，大张旗鼓地打起麻将来。麻友们轮流买菜做饭，倒也其乐融融。

父亲一个月就三千多养老金。据有人调查后得出结论，中国最幸福的，就是养老金三四千的人，每天吃了早饭，买买菜

（最简单的两三样），打扫一下卫生（小小斗室），洗洗衣服（不用熨烫的那种），就没事了。午睡起来去打麻将，晚饭后去跳广场舞。自得其乐。只要收入超过五千，就想出国旅游了；超过一万，就想去海南买房子了，烦恼随之而生。钱可以限制欲望，欲望少了烦恼就少。如此，父亲就属于最幸福的那一类。但我相信，如果能选择，大家都想选择有烦恼但可以折腾的生活。

不过父亲不只有养老金，他还有一个厚实的经济基础，那就是母亲买给他的铺面。差不多三十年前，父亲在修车厂干得不顺心，人太老实了总被欺负。母亲知道后就让他单干。父亲觉得自己一个党员、一个复员军人,怎么能单干呢?母亲毫不费力地用报纸上电视上的大道理说服了他:"我们党都以经济建设为中心,你一个党员怎么能不跟上?"然后她花两万元给父亲买了一个十平方米的铺面,让他在那里修电视机、冰箱、洗衣机之类。父亲是个动手能力极强的人,什么都会修。收入虽然不高,但比起在厂里还是实惠多了,关键是心情好多了。

后来城市发展起来,扩张很快,父亲的修理铺所在的小街变成了闹市区。那时父亲已经六十多了,加上电器越来越智能化,他有些力不从心了。母亲就让他关了店铺,将铺面出租。一个月租金就是三千,一年有三四万。离婚时,母亲说,这个铺面可以养你一辈子了，即使拆迁，也会有一笔不菲的拆迁费。

这都是我后来才知道的。

父亲笑呵呵地站在楼梯口迎接我，没有我预想中的愁苦。因为知道我要去，他通知麻友们停止娱乐一天，郑重接待我。父亲现在已获得了打麻将的自由，想怎么打就怎么打。这么说离婚也有好的一面，至少还给两个人原先的自由。

父亲泡了两杯很浓的花茶，他一杯我一杯——我感觉他是故意跟母亲对着干，母亲最反对喝花茶，也反对喝浓茶。他说他就是喜欢浓茶，喝浓茶照样睡得好。

父亲灌下一大口茶，抹抹嘴角，颇有些幽默地说，我知道你会来问的，我等着呢。现在我就跟你说。我从头到尾地说，省得你一句句地问。

我说，那最好。我就是想知道全部经过。

四

父亲说，以前呢，我也晓得你妈对我不了然（我觉得父亲这个表达很准确，不是不满意，不是嫌弃，而是不了然），但还是一副将就着过的样子。她退休后还跟我说,我们以后换个房子,有院子的,可以种点儿花草。我心想,看来她已经在筹划养老了。于是就丢心放胆地混日子了。

哪晓得,突然来了个大地震。

那天我打麻将回来,看她一个人坐在房间里,灯也不开,黑黢黢的,饭也没做。我还以为她不高兴我去打麻将了,也不敢问,害怕她拿话我,你晓得的,你妈说话很打人。我就直接去厨房烧水、洗菜,准备下面条。这个过程,起码有二十多分钟吧,她一直没动。我把面条煮好端到饭桌上,喊她,她好像吓了一跳的样子,好像才晓得我在家里一样,那个眼神,是我从来没看到过的。

我打断父亲的话:照你讲的这个样子,我感觉她不是生你的气,是遇到什么事情了。

父亲说,不晓得呢,我没感觉。不过我每天吃过早饭洗了碗,就出去打麻将了。反正在家她也是关在她书房里,当我不存在。我也不知道她在干吗。

父亲接着说:吃面的时候,她一句话也不说,就是往嘴里扒面,大口大口的,好像饿到了。吃完之后,她收起碗筷就进了厨房。我们两个一直这样的,做饭不洗碗,洗碗不做饭。

我又打断父亲：你没问问她怎么了？

父亲说，你还不了解你妈吗？她不想说的事情，你问得出个啥子哦。她那个心比老井还深。我就打开电视看，她洗完碗也坐到沙发上看电视，《新闻联播》。播到天气预报的时候，她忽然就说，我们两个分开吧。真的，一句铺垫都没有，上来就说的这句。

父亲说，我完全是蒙的，整个人发瓜（傻）。我晓得她一直对我不了然，但是，真的说分开还是太突然了。我七十二岁了，她也六十八岁了，要说白头到老，已经是白头到老了，咋个突然要分开呢？

你妈居然还笑了,她接着说,你可能不相信,我提出分开是为你好。你和我在一起一直活得不自在、不自由,趁着你现在身体状况还可以,还不算太老,你离开我,可以再找一个对你好的女人,比你小个十来岁,可以照顾你。你还可以过上十几年顺心的日子。

父亲说,亏她说得出这种话!我简直是,找不到方向了,不晓得说啥子好了。我想说,我没觉得现在过得不顺心。又想,这个话不对,我经常觉得不顺心的。我又想说,你是不是在外面有啥子人了?又觉得这话太可笑了,说不出口,她这个年龄。闷了好一会儿我才说,你到底是为啥子吗?你到底在想啥子吗?

父亲说，你妈居然拿出一个本子，照着本子上开始说，看来她早已有准备了。你妈说，我只有一个条件，就是我继续留在这个家，你到外面去租房子住。租房子的钱，还有你以后的生活费，我都想好了，一个是那个铺面，每个月的租金应该够你租房子了。你的医疗嘛，除了医保外，我十年前就给你买了重疾险，我会把保单交给你的。另外我再给你点存款，以备不时之需。租房子也不难，你要是舍不得你那几个麻友，隔壁小区就有房子出租，一室一厅，三千一个月……

父亲说，你妈根本不管我是不是在发瓜，是不是抓狂，就开始说我们分开后的安排，而且说得特别急，好像不马上说出来她会后悔。她说我们一共有一百八十万存款,给女儿留八十万,给我八十万,她只需要二十万。我简直吃惊惨了,我根本不晓得我们家有那么多钱。我晓得你妈很会理财,但也没想到她攒了那么多钱。这么一想,离婚也是需要经济基础的,不然的话,她再不安逸,也只能和我挤在一个屋檐下。再一个让我吃惊的是,为什么给我那么多?要分就平分。但你妈说她退休金比我高,总之她认为我应该多一些。

  那整个晚上,基本上就是你妈在说,咋个分配财产,咋个租房子,咋个和你说,咋个向亲戚们解释……全部写在本子上的。原来她早就在计划了,不是才想起的。我简直是个瓜娃子,蒙在鼓里,啥子都不晓得，一句话都说不出来。

我越听越生气，就甩手出门了。我在街上瞎逛，本来很想给你打个电话的，但是害怕影响到你瞌睡，我晓得你瞌睡不好。晚上说这种事，你肯定要睡不着的。

父亲说，第二天早上我起来，她已经出去了，我想有可能她就是随便那么一说吧，我也就照常出门去打麻将。但是，心神不定的，输了两把我就回家了。进门一看，她已经把我的衣服和生活用品全部都整理好了，几个纸箱，加上行李箱，堆在客厅里。另外她还把大立柜腾出来了，也说是给我。还有好几样电器。看来我不走是不行了。我一个大男人，也不能非赖着她吧。说实话,要不是你外公临走时交代我,要照顾她一辈子,我早就跑路了。真是气人。

　　我就按她说的,到隔壁小区,找到这个房子,虽然只有五十多平方米,但是一室一厅,还是很适合我一个人住的。你看嘛,有床,有桌子,有冰箱,有电视,有厨房厕所,就可以了哟。我请人打扫了卫生,找了个小货车,把几件家具电器和几箱子衣服拉过来,就算是分开了。你妈说这个事她来和你谈,我就没给你打电话。我也不晓得该咋说。

　　父亲说,刚开始的确不习惯,现在慢慢习惯了。你妈居然还跑过来看了我一次，还帮我买了窗帘挂起，拿了新床单被套给我换上。我感觉她做那些事的样子，就跟当年送你去住校一样，很搞笑。

我听到这里按捺不住地说，妈也真是的！搞什么名堂嘛。

父亲说，哎，别怪你妈，她还是很不错的，不是把我撵走就不管，还是把我安顿得好好的。你看我啥都不缺，你妈把电视机、微波炉，还有洗衣机都给我了，她说她用不着。全靠她的安排哦，我现在才过得这么滋润。

我无语。我知道父亲是怕我担心。常听人说男人老了比女人老了更怕孤单，不是缺不缺东西的问题,而是缺心理依靠。老男人很难独居的。我可怜的老爸。

我说,爸你要是不习惯,以后就来我们家住。

父亲说,不用不用。我想通了,我要高高兴兴地过日子。说不定还真的像你妈说的,重新找个女人哪。你不晓得,还真的有人想给我介绍呢,五十多岁一个女的。我说,不慌,我先自由一阵再说。

我忍不住笑起来。父亲又幽默地说,我和你妈这种人做过夫妻,一般女人都打不上眼了。哪个能有她那么精灵古怪?

我说，爸，你是不是很后悔娶了妈这样的女人？如果娶个老实本分的，肯定白头到老了。

父亲很认真地说，不后悔。哪个喊我要高攀呢。

我稍稍安心了一些。看来父亲已经接受了离婚这件事，并努力从中找出乐趣。

不过我反而更担心母亲了。从父亲的讲述中可以感觉到，母亲这么突然地发神经离婚，一定有什么原因。这原因看来不是因为父亲。正如我父亲说他娶我妈不后悔一样，母亲也跟我说过她对婚姻是满意的。一定是有其他原因。

五

父亲和母亲的婚姻是怎样成就的,我一直不甚了了。

也曾经问过他们,都回答说是经人介绍的。毕竟那是二十世纪七十年代的事情,我出生之前的事情。久远到说起来都有些恍惚。今天的婚姻和那个时代的婚姻已经有很大的不同了,从择偶标准到结婚嫁妆都天差地别。不过经人介绍结婚,倒是延续至今。我和我先生也是经人介绍呢。

只是有一点我感到困惑,像母亲那样

的女人,还需要介绍吗?我不信。就算介绍,用过去的话说,媒人还不得踏破门槛?还不得挑花眼吗?怎么会轮到我那个老实巴交、条件一般的父亲呢?

父亲说,他当兵从部队回来已经二十六岁了,各方面条件都不咋样,就是说,家境不好,文化水平不高,工资偏低,还不是帅哥。他父母托人介绍了几个,女方都不乐意。偶尔遇到乐意的,父亲又觉得对方条件太差,他不乐意。于是一晃就二十八了。

却没想到,他认为高不可攀的母亲,愿意嫁给他。

这档看上去不十分般配的婚姻,还

是外公做主的。据说是父亲去外公家修电视机，那个电视机是外公一个学生出国回来给买的，外公很看重。电视机修好后，父亲发现电视柜的一扇门关不上了，又主动把柜门修好。外公很感谢，请他坐，请他喝茶，父亲紧张得不行，外公一问情况，父亲就立正回答。外婆留他吃了饭再走，他坚辞，说他妈妈一个人在家，他得回去。

之后，外公便婉转地请人把女儿介绍给他。介绍人有些不解，外公说，我女儿要能跟他，我就放心了。

父亲私下跟我说，在介绍人介绍之前他就知道母亲了。他们两家住得很近，一条街。母亲是他们那条街上出了名的女孩儿,又好看又斯文。但母亲不认识他,应该说母亲谁也不认识,走路从来不往两边看,有时拿着书边走边看,有时盯着路两边的树看。

后来,他去母亲家修电视机。看到母亲他简直头都不敢抬。却没想到有人来介绍给他做对象,他受宠若惊,一问再问,真的吗?是真的吗?你搞错没有?

母亲的说法是,她当时年龄也不小了,进入老姑娘行列了(其实不过是二十四岁而已),所以当介绍人告诉她,男方是个退伍兵,党员,人老实本分时,她一口就答应了。她希望能有一份稳定的生活,以便做自己想做的事。

你看中了我爸啥？我曾追问母亲。母亲说，你爸善良。我说，你标准这么低呀，只要人不坏就行了？母亲说，你爸不是人不坏，是善良。人不坏是不会去害人整人。善良是会替别人着想，去帮别人。这两个差距还是很大的，这世上善良的人并不多。

是的，我母亲说起什么都一套一套的。

虽然母亲振振有词，我还是存疑。但对母亲来说，你不能用追问的方式去获得真相。她掩盖真相的本事超强。你只有去猜测。

母亲从小就会读书，用现在的话

说，一直是"学霸"，考试从来都是第一。二十世纪六七十年代读初中。后来也和大家一样下乡，下乡三年回来，进了街道工厂，好像是毛巾厂。各种蹉跎后，她对生活完全失去了热情，成天躲在家里看书。

可是到了年龄，就不断有人来提亲，外公外婆见她整日闷闷不乐，也催促她结婚成家。外公的说辞是：人生两件大事，成家立业，既然指望不上立业，就先成家吧。

于是由人介绍，外公做主，母亲嫁给了父亲。据母亲说，外公很喜欢父亲，直到去世前都念叨说，好孩子，真是个好孩子。

哪知婚后一年,世间发生了巨大变化:恢复高考了。母亲很激动,想去参加高考,可那时已经有了我,她很纠结。等到第二年,母亲还是忍不住了,跟父亲提出她想参加高考。父亲没反对,他对母亲素来顺从。母亲就丢下不到两岁的我,参加了高考,顺利地进了大学。等到她大学毕业,我都读小学了。

因为这个缘故,我一直和父亲更亲。差不多是父亲把我带大的。小时候是父亲给我洗头梳辫子,是父亲给我读童话,陪我折纸,玩儿翻绳游戏,当然也是父亲一次次地去学校开我的家长会。后来,每每母亲要我做什么事,或者要带我去哪里时,我总会先看看父亲,等着父亲点头。

我和父亲亲近还有个缘故,是父亲更宠我,我们家是严母慈父。母亲对我要求很严厉,近乎苛刻。如果母亲没那么严厉,我估计我最多读个本科就完了,我是被母亲强求着读了硕士的。母亲的理由是,我是本科,你必须超过我,不能一代不如一代。可是母亲一定明白,文凭高并不代表"强"。只不过对我来说,不用文凭证明,其他更无法证明了。

父亲溺爱地跟我说,唉,年轻姑娘本来应该打扮得漂漂亮亮好好享受青春的,天天苦读书,真造孽。不过呢,泥巴,你妈让你读你就读,不读会被她说一辈子的,更造孽。我说,我明白,反正也没那么难,读就读。

母亲对我和父亲的亲近,一点儿不吃醋,她很顺应甚至是喜欢这个局面,一有事就说"叫你爸帮你做"或者"你去问你爸"。

我谈恋爱时,我男友,就是现在的先生,很快看清了我家的政治格局。他半开玩笑地说,你们家是你妈强势,每逢大事必做主。以后我们在一起,你不会也延续这风格吧?我说不会的,我跟我爸长大的,我不像我妈。

不像我妈,其实是不如我妈,我心里是有些遗憾的。

我虽然和爸亲近,但是一旦遇到搞不

定的事，我会先想到去问我妈。包括体检回来我也会和母亲谈，某个指标偏高或偏低，母亲都可以告诉我是否要紧。厨房里的事就更不要说了，我随时请示她。母亲并不热爱厨房，可是一旦烧菜，总是像模像样的，并且有章法。

在他们离婚之前，我一直以为他们是相亲相爱的，至少，是相濡以沫的。突然离婚，而且那么决绝，完全把我搞蒙了。

六

我也和丈夫讨论过父母离婚的事。我很困惑,如果母亲嫌弃父亲的话,为什么要到老了才离婚?早就可以离了嘛,从九十年代开始,离婚率一直攀升,离婚也不需要单位出证明了。即使是为我着想,我上大学的时候也可以离了嘛,那时他们才四十多岁。现在眼看着已经白头偕老了,却突然分开。很多不和的夫妻,闹了一辈子,混到老之后,不是都收刀检卦、放马南山了吗?彼此都成了需要照顾的老人,彼此都变得珍贵。

丈夫吞吞吐吐地说,会不会是她身体出了问题?比如,得了绝症,不想告诉我们？我说不会的，去年体检之后她还很骄傲地告诉我，她的体检结果超好，没有哪个箭头朝上或者朝下（即超过或低于标准数值）。还说她底子不好，全拜自己管理得好。今年呢？丈夫问。我说今年她没去，她说没必要年年体检。

你妈就是主意大。丈夫说。这个年龄了居然还离婚，实在是匪夷所思。我说，我问了我爸，是我妈提出来的，他是被动的。丈夫说那肯定的，我丝毫不怀疑。过了一会儿他又说，也是难为老爸了。

细细想来，母亲在让我们大吃一惊（离婚）之前，已经有过很多让我们小吃一惊的事了。

比如退休后她跟我说,她想把几十年来研读古文的心得整理出来,她觉得自己有很多观点见解,和别人是不一样的,很想表达出来,只是没想好以什么形式梳理。我建议她以批阅的方式,一段一段地写。现在不都是碎片化阅读吗?母亲说她试试。一年后她告诉我,书稿已经基本完成了,有十万字。我说,太好了,可以出书了。她说没这个打算。我说那你费那么大劲儿干吗?她说做起来很愉快。

接着她说,有两件事最能让她感到愉快,一个就是学习,接受新知识是很愉快的;一个就是表达,把自己的思考表达出来也是很愉快的。人本来就应该不断完善自己、超越自己,让自己强大。我说,你这是尼采的观点。母亲笑说,明明是我自己的看法,怎么功劳归功到尼采头上了?

跟着母亲又说,我打算学西班牙语。

面对我鼓出来的眼睛,母亲说,你知道就行了,别到处去说,搞得我喜欢学习还被人当笑话。未必上了年纪就只能混吃等死?

我没法不鼓眼睛。她的英语比我强,已经让我汗颜了,居然还要学第二外语,她花甲已经花了好几年了。

我说,为什么学西班牙语?

母亲说,不为什么,不想脑子太闲。

我又一次鼓大了眼睛。照理说我不该那么大惊小怪,我还不了解我妈吗?她就是个喜欢给自己找麻烦的人,说得好听一点儿是挑战自我。但是,学外语,西班牙语,还是有点儿出格,她不是二十五、三十五,是六十五。

我说,你可以学书法、学画画呀。

她说,那个不费脑子。我需要锻炼记忆力。

好吧,锻炼记忆力。我羞愧地闭嘴了。为了考职称,我下了死功夫学英语,勉强过关后再也不想碰了。锻炼记忆力?怎么我的记忆力越锻炼越差呢?

鉴于母亲种种异于常人的举动，我便猜想，会不会是她又想折腾什么事情了？比如写书，上老年大学？或者，出去旅行？

丈夫说，不管她想干吗，都更应该留在你爸身边。

是啊是啊，我爸再不能干，做家务还是可以的。洗衣服、打扫卫生、买菜、倒垃圾，全是我爸，我妈只负责掌勺。或者再加一句，我妈只负责有技术含量的事情。

听见我们在议论，儿子在一边插话说，外婆就是害怕失败，害怕她的"人设"崩塌。

我心里刺啦一下,撕开一道口子。嘴上说"不要乱讲",心里却觉得儿子说到点子上了。母亲总是以争强好胜的面目出现,以战无不胜的面目出现。如儿子所说,她害怕失败。她总是喜欢把什么事情都安排好,按自己的意愿安排。离婚一定也是一种安排。

儿子又说,外婆自己觉得没有什么事情能难住她。

我瞪了他一眼。我瞪他,一个是不许他妄议外婆,另一个更深层次的原因,是烦他完全不像他外婆,还没上初中,就懒洋洋的,经常表现出一副人生无趣的样子,说即便将来能考上他父亲那样的名牌大学，大学毕业找个好工作，再找个好女人结婚，再抚养孩子长大，也没啥意思。"不就是重复你们吗？"这种时候，我真希望母亲能帮我回击他，可惜母亲说她不干涉。

儿子上学前，母亲一直在帮我带。虽然那个时候她自己很忙，但还是让我把儿子放她那儿，她和我父亲一起带。等儿子一上学，她就还给了我。我耍赖皮，希望她继续帮我。她说，管孩子学习是要伤感情的。我可不想伤了我和牛牛的感情。我说，可是我小时候的学习一直是你管的呀。她说，所以你才和你爸亲呀。我顿时无语。

我需要和你谈谈

其实我和我母亲,感情还算和谐,四十年来几乎没有发生过激烈的冲突。不过,也还是没逃过"青春期遇到更年期"那个坎儿。

上高二的时候,我突发奇想要学吉他,其实也不是突发奇想,是因为我喜欢的那个男生会弹吉他,我想和他走近。我记得母亲有一把吉他,可是母亲不同意,第一她不同意我学吉他(她说课业太重,何况我根本没有音乐细胞),第二她不愿意把她那个吉他给我(她说那个吉他非常珍贵)。我于是曲线救国,去找父亲。父亲左说右说,母亲终于同意了,还帮我去找了个老师。可是,我拿到母亲的老吉他不久,就在那个男生的忽悠下,把它贱卖给了一个吉他行，又添了点儿钱，换了把新的。母亲知道后脸色大变。她说那把吉他是外公送给她的，是老牌子。且不说东西本身的价值，关键是很珍贵。我满不在乎地说那个吉他音已经不准了，放着也没用。但是，新吉他拿回家没多久，我的三分钟热情就过去了，一首曲子也没学会。吉他丢在床边落灰，这让母亲更加生气了。有一天放学回来，我心烦意乱，倒在床上什么也不干。母亲叫我写作业，我不动。母亲又让我练吉他，她说我已经很久没练了。我还是不动。母亲连续叫我几遍，我就躺着看天花板，脑子里全是那个男生，他今天和另一个女生打得火热，让我心如刀绞。忽然，母亲拿起吉他，噔噔噔噔走到窗边，推开窗户,狠狠地将吉他砸了下去。我们家住在三楼,我听见哐当一声巨响,爬起来扑到窗前,吉他已裂成两半。我目瞪口呆。不是因为吉他,而是因为母亲。我从小到大,没见母亲这样疯狂过。母亲摔了吉他后,冲我大吼一声,你太让我失望了!

这是我和母亲之间唯一一次冲突。多数情况下,母亲都很克制。而我,也比较听话。

我儿子说,外婆不想她的"人设"崩塌。那母亲的"人设"是什么?在我看来,就是理性、智慧、有条理,没有能难倒她的事情。凡事只要她想搞定就能搞定。

我和丈夫也没讨论出个所以然来。我决定不去管这件事（也管不了）。以他们两个加起来一百四十岁的人生经验，尤其以我母亲一个顶俩的脑子，肯定不会是一时兴起，也不会是"激情式犯罪"。一定是把该想到的都想到了，必须离才离的。哪里用得着我的开导劝解？

但现在想来，我真的该和母亲好好谈谈的。他们怎么结婚我不了解，还说得过去，毕竟我不在场；可他们离婚我是在场的，我不该完全放任母亲。

七

两个月后。

以前我看电影的时候,很喜欢出现这样的字幕:两年后,或者几个月后。不知道为什么,也许是希望故事有比较大的进展,有出人意料的情节吧。您有这样的感觉吗?

但事情发生在自己身上,就不一样了。

那两个月,我依然很忙,依然在忙碌的同时担心着母亲。我担心母亲,却又不知如何去关心她,或者说,不知如何去打探她的心事。我们之间一直如此，我总是被动地了解她，她却对我门儿清。我只好暗暗祈祷着，母亲依然是那个什么都能搞定的母亲。

是五月中旬，我记得很清楚。那天下午我正要去开家长会，一个很重要的关于小升初的家长会，忽然就接到母亲电话，说她在外面，特别累，希望我开车去接她回家。我问她在哪儿，她半天没回答，好一会儿才说，我给你发个位置吧。

我一看那个位置，完全是郊区，靠近温县了。我十分惊讶，问她：你去那儿干吗？母亲支吾说，来看一个朋友，朋友本来要送她回家的，临时有事走不开。

我还是感到蹊跷,正想再追问,她忽然很不高兴地说,我从来不用你的车,用一回怎么那么多话?

说来,我现在开的车正是母亲的。母亲五十岁学会了开车,就一直开车上班,退休后把车送给了我。送给我之后她从来没有把我当过司机,从来没随随便便叫我送她去哪儿。

可是我追问她,并不是不愿意去接她,而是怀疑她迷路了,回不了家了。这个让我紧张。

我只好打电话给丈夫,让他去开家长会,我去接母亲。

我到了母亲发的位置，她人却不在。打电话问，她说她在花满都。从那个点到花满都，还是有些距离的，她怎么转眼跑那儿去了？母亲坚持说她本来就在花满都，她是来赏花的，有个郁金香花展。

我疑窦丛生。刚才说看朋友，这会儿又说是赏花，关键是，那个地点是她发给我的呀。这样不靠谱的情况从来没发生过。

十几分钟后，我总算接上了她。她看到我，一副松口气的样子。但上车后，她坚持要坐在后面，理由是想眯一会儿放松一下。我猜她是不想和我说话，怕我刨根问底。也许她跑这么远，是来看一个不想让我知道的老朋友？她有什么秘密？

我从后视镜悄悄看她，她的脸色很差，看上去十分疲惫，比起春天时似乎老了不少。最重要的是眼神，以前她的眼睛总是很有神，现在却显得茫然，她盯着窗外，一头白发稀稀疏疏地覆盖在头顶。我有些心疼，毕竟，她也是奔七的人了，即使是钢做的弩，也会锈的。

母亲忽然转过脸来看着后视镜，和我的目光对上了。我连忙假装不在意刚才的事，开玩笑说，妈，你猜我从镜子里看到你的时候，想到什么了？母亲不吭声。我说，我想到美杜莎了！

母亲依然面无表情。

我上中学时，有一次写作文，要求必须写一个神话。母亲就给我讲了希腊神话美杜莎的故事。美杜莎原本是一位美少女，因为漂亮，又因为被海神波塞冬疼爱，很骄傲，在智慧女神雅典娜的神庙里公然说，她比女神还要美。把雅典娜激怒了，雅典娜施展法术，把美杜莎的一头秀发变成了无数的毒蛇，成了一个妖怪。更可怕的是，她的两眼闪着骇人的光，任何人哪怕只看她一眼，就会立刻变成一块石头，所谓"石化"可能就是这样来的。美杜莎因此成了一个人人避之不及的孤独女妖。宙斯之子珀尔修斯，想灭掉美杜莎讨好雅典娜，可是又怕被她的目光石化，就想出一招，将盾牌磨得雪亮，然后背过脸去，用盾牌做镜子找出美杜莎，割下她的头献给了雅典娜。

母亲给我讲完故事后突然说：我觉得珀尔修斯既然用光亮的盾牌做镜子，那么，结局可以是另一种——美杜莎从镜子般的盾牌里看到了自己那双骇人的眼神，一下把自己给石化了。

我当时真的被惊到了，拍手叫好。

我跟此刻坐在我身后的母亲说，你还记得这事吧？母亲依然面无表情，很淡漠地说了句，是吗？有这事？

我说，当然有。我还把你讲的这个结局写进了我的作文里，那次作文老师给了我一个大大的好评。

母亲嘴角动了一下，有了些笑意：你们那老师还算识货。

读中学时，我的一些自认为写得有意思的作文，经常被老师低分处理，我回家和母亲喊冤。母亲说，千万别以老师的标准为标准，说不定他的文章还狗屁不通呢。老师的权威就这样被母亲打掉了。有一次班级讨论我入团，一个同学说我"说话太重，不注意团结同学"，竟然没通过。我回家很委屈地告诉了父母。父亲说，以后说话乖一点，女孩子家家的，要温柔。但母亲说，这不能算缺点，说话重，说明能击中要害。

其实这正是我像母亲的地方，虽然只

像个皮毛。

我经常被母亲的话惊到。比如,她会认为一件衣服穿两天就应该脱下来,即使没脏也要放一放,因为"纤维会累的"。又比如,她认为小孩子吃零食不是什么毛病,要有"大粮食观念"。还比如,当我为某事想不通钻牛角尖时,母亲会说,马桶都有两个按钮,你脑子怎么就一个开关?

她让我买豆浆喝,说女性过了三十要补雌激素。那时还没有豆浆机,我跟她抱怨说,一包豆浆一次喝不完,分两次喝又不够。母亲很不屑地说:难道你不可以每次喝三分之二倒掉三分之一吗?总共两毛钱,是健康重要还是倒掉的几分钱重要?我哑然。

有一次母亲洗了被单晒在楼前,竟被人收走了,是才买不久的新床单。过了些日子,那人竟大模大样地洗了又晒出来。母亲从阳台上指给我看:那是咱们家的。我气不过,要去找那个人要回来。母亲说算了,一个贼睡过的你还想睡吗?

最近一次她把我逗乐,是在我家里,她看到我在贴面膜,问我干吗。我说保湿。母亲说,你们这些女人一天到晚保湿,恨不能浸在水里过日子。也不想想,楼兰公主历经两千年不腐烂,全靠干燥。

我咧嘴大笑,面膜都掉下来了。

这样的母亲,怎么会糊涂呢?怎么会找不到回家的路呢?我打死也不愿意相信。可是,怎么解释下午的事?

八

那天,我把母亲从郊区接回来后,一起吃晚饭。我请她去花园餐厅吃西餐。母亲的情绪慢慢好转。其实她吃得很少,就点了一份鹅肝、一份沙拉、一个土豆浓汤。也许是那个餐厅的氛围,让她有一种熨帖感。我一个字也没再提下午的事。虽然我确信她不是去看什么郁金香,也不是去看什么老朋友。一定是有不愿意告诉我的事,然后,突然不能自己回家了。

我保持微笑和母亲聊天,内心却感到焦虑,脑子里不断想到很多老人走丢的事。可是,母亲不应该呀。我无论如何也不相信母亲会进入这个行列,且不说她还不到七十岁,关键是她那么有活力。

就是去年,我和她一起出门,远远看到我们要坐的那辆公交车来了,我依旧慢条斯理的,感觉赶不上,母亲会大喊一声:快!撒腿就跑。我不得不跟着跑。

忽然,母亲说,我脑子不如从前了。

我心里咯噔一下,她可从来没承认过

自己脑子不好使。难道她意识到了什么？我正想安慰她，她却说，我从网上买了个魔方，可是不会玩儿了，看了说明书也没学会。

我哭笑不得。我说妈，那个东西就是小孩儿玩儿的。

母亲说，什么大人小孩儿，只要智力够，都应该会。

我说，那好，这个周末你过来，让牛牛教你。他很会玩儿。

母亲一下子高兴了，大声说，好，让牛牛教我。

看看，竟然还想玩儿魔方。我心里放松一些。

送母亲回家后，我给父亲打了个电话。我想跟他说说下午的事，我需要找人说。我心里发慌。可是在听到父亲声音的瞬间，我改变了主意，我只是和他闲扯了几句，问他最近手气好不好，生活习惯不习惯，有没有需要我买的东西。父亲一一作答。放电话前父亲忽然问，你妈还好吧？

我顿了一下，回答说，她挺好的。

我不想说。我怕父亲又担心又无奈又生气。既然他们已经离婚了，就让他安生一点吧。

但我总得跟人说说。我就跟丈夫说,我妈不对劲儿,她不是打电话叫我去接她吗,居然说不清楚自己在哪儿。你说她是不是找不到家了?现在经常有老人走丢的事。丈夫安慰我说,她可能就是累了,或者跟女儿撒个娇,坐坐女儿的车。我说,不是的,我感觉她眼神涣散。丈夫说,你也经常眼神涣散,不要瞎想。

我还是感到很忐忑。我实在想不通母亲怎么会突然糊涂。一年前她还说要学西班牙语,怎么说糊涂就糊涂了?难道是我没察觉?

第二天下午,我买了些菜和点心,直接去了母亲家。

自从发生把钥匙插在门上忘了取下的事情后,母亲竟然去换了一个密码锁,换好后还让我去录了指纹。她颇有些得意地说,我现在出门不需要"伸手要钱"了,"伸手"就可以了。我当时很高兴,母亲还那么能干,我想,母亲还是原来的母亲。

院子里的守门大爷见到我,出来和我打招呼。你是祝老师的女儿吧?我点头。他说,嗯,有个事情我想告诉你,你妈最近,这个,有点儿奇怪。我心里一紧,怎么了?大爷说,她送了好几样东西给我,说是家里用不上,搁着浪费。我问,什么东西?他说,就是衣服鞋什么的,还有两口锅。大爷说,她以前也给过我东西,但这次给我的都还挺新的,其中还有羽绒服。我怕她,那个,糊涂了。

大爷真是个好人。我掩饰着不安说,哦,没事儿的。她最近在清理房间。可能想处理掉闲置的东西。

我想起父亲说,搬家时,母亲也是把新被套新床单以及电风扇取暖器什么的,全给了他。理由是父亲不会买,她会买。再一想,今年春节,她也把几样贵重的首饰给了我,理由是她老了,不会再戴了。

她这是要干吗?当然,我也可以这样想,母亲是个把什么都看得很通透的人,做这种事很正常。母亲常说,人生就是加减法，只加不减会溢出来。所以有些减法要主动做，比如，放弃一些不必要的名利，放弃一些不必要的财富。退休前，出版社曾经两次评选她当先进工作者，她都坚辞不要。她还给自己做了个规定，每年生日必捐一笔款。她跟我说，不能只进不出，要收支平衡。

您很赞成她的观点是吗？太好了。其实我也挺赞成的。不但赞成，已经接受了，我现在也学着她，每年生日捐一笔款，当是给自己的生日礼物。这样做，感觉心里很熨帖。

但是现在，在她连续出状况的时候，门卫大爷的话只能让我忧虑。

进门，母亲不在家。家里依然很安静，而且满是陌生的气味。照理说我常来这里，应该有点儿熟悉才对，不知为何依然被陌生的气息环绕。我的唾液、皮屑、体味、毛发，都没沉淀下来吗？还是母亲气场太强大，没了我容身的地方？

我四下张望。猛看上去和原来差不多。细看，就会发现有很多不同。比如到处是灰。母亲是个相当爱整洁的人，家里如果乱糟糟的，她宁可不吃饭也要打扫。难道现在一个人过，真的变了吗？

我注意到魔方丢在沙发上，一旁的小茶几上有个备忘录：上面横七竖八写了很多字，谁来过电话，以及某人号码。饭桌的玻璃板下，压着一张纸，上面写着：二季度气费已交，七月再交。已预存电费、电话费（含网络费）各一千。

母亲一直有写备忘录的习惯。她工作时，常把作废的书稿清样带回家，利用反面做各种记录。比如，本周内必须完成的事，一二三四五六七……或者，出差前需要处理的事，也是一二三四五六七，有的甚至排到了十几。也有一些生活备忘，比如过年需要采购的东西，最近需要开的常用药。她跟我说，这是她从外公那里继承的习惯，外公说，把要做的事写出来，心里就清爽了。做好一件，画掉一件。

我读中学时，母亲对我的散漫很不

满，特意给我讲了苏联著名科学家柳比歇夫的时间管理法，还让我读了那本写他的书，《奇特的一生》。读完后我的感觉是，柳比歇夫根本不是人，是神，居然能做到每一分钟都不浪费。这样的神的生活方式，我无法效仿。不要说柳比歇夫，我连母亲也效仿不了。母亲虽然不像柳比歇夫那么精确，把时间安排到了每分钟，但她至少是安排到了每小时。不过，成年后，我多少还是受了些影响，我现在至少会每天记个流水账，做了哪些事，不让自己过得太糊涂。

我走进厨房，打开冰箱。发现里面整整齐齐地摆放着很多小号乐扣盒，我取出来看，里面是一盒一盒的炖肉，好像是牛肉烧土豆。另外有一大盒油炸花生米。母亲很喜欢吃花生。乐扣盒上贴着纸条，周一到周五，五盒。我马上明白了，这一定是母亲为自己准备的菜肴。烧一次肉分成五天的份，吃的时候再配个蔬菜。至于周末，她会去我家，或者我和她出去吃。

我心里微微发酸。我几次和母亲说，她可以去我那里住，我还找了很多理由，比如可以陪外孙玩儿，比如和我聊聊天，一起追剧。我还事先买了沙发床放在书房里。但母亲坚决地说，这件事不要讨论，完全没有可能性。我又试探着说，那我过来住可以吗？她拉下脸说，干吗，我生活不能自理了吗？

不过，我又觉得，能这样安排一日三餐，说明母亲依然是有条理的。不必太担忧。

我放下东西，关好门离开。

九

刚刚走进来一对老夫妻，您注意到了吗？就是坐在对面靠窗位置。对对。我的父亲和母亲，猛一看就是那样的。一个头发稀少，一个头发花白。

也许是家族遗传，我母亲四十多岁就开始长白头发了，但她从来不染，任白发覆盖整个头顶。偶尔在外面相遇，我总是第一眼认出那头白发。也因为白发，还没退休时她就经常被人叫奶奶。我问她为什么不染染？小姨就要染，小姨也是早早有了白发。我妈说，我可不想拿那些化学的东西折腾脑袋，脑袋很重要。

虽然我说父母的外貌很像那对老夫妻，但实际上完全不一样。首先我母亲是不会跟父亲一起出来喝茶的。当然她也不跟我出来喝茶，她没这个爱好。她会说在家喝不是更方便吗，还可以兼顾着干点儿别的。其次，如果他们一起外出，也完全不像夫妻。几十年一个锅里吃饭，日积月累的相似的肠道菌群,也没能拉近他们的容貌和气质。他们自身的顽强的基因都没有打败对方。

容貌还是次要的。他们的家庭背景,受教育的程度,都大相径庭,如同我的名字,有云泥之别。

我有时候想,母亲给我取这样一个名字,是不是暗喻了她与父亲的结合,暗喻了她的心性与世俗的差距、理想与现实的差距?父亲虽然并不完全明白母亲给我取"云泥"这个名字的意思,但他以他的本能反抗。很多文化程度不高的人,本能都很强大。自有这个名字起,他就没叫过,他叫我泥巴。面对母亲的质疑他回答说,泥巴响亮。我也喜欢父亲这么叫我,好听、亲切。母亲没有坚持,任父亲这么叫了。这是母亲的通达之处,在牵扯到其他人时,她不认死理,不死磕。

他们的"云泥"是从祖上开始的。我的爷爷奶奶是地道的农民,再往上推还是农民——我这里只陈述客观事实,没有好恶。而我的外公外婆都是文化人,他们毕业于那个现今已经消失了的东吴大学。再往上推,我外公的父亲是状元,做过官。外婆的父亲则是商人,经营茶叶和丝绸,在当地号称罗半街——家里的房子占了半条街。

我姓了父亲的姓,卢;用了母亲取的

名，云泥。卢云泥，代表着他们之间的融合与差异。我不愿意说母亲是下嫁，更不愿说父亲是高攀，我只能说父亲和母亲不是门当户对的婚姻。

父亲怎么可能招架住从这样一个家庭走出来的女人呢，何况这女人还漂亮，还聪明。有时我想，这辈子真是难为了父亲。反过来说，不是也难为了母亲吗？

何况一对夫妻，哪能完全平等？完全半斤八两就无法咬合了。这是我母亲的观点。比如在他们家，父亲的地盘很小，除了卧室里的半张床，一个衣柜，阳台上的一把沙发，和厨房里的锅碗瓢盆之外，就没有了。母亲呢，除了上述几样外，还有个书房，虽然只有七八平方米，但全属于她。另外她把客厅也变成了书房，两面墙都是书架，书架中间是一张大木台，堆满了她的资料，和她偶尔写毛笔字的那些家什。沙发就一个单人的，多数时候都是她在坐。

父亲对这样的格局从未表示过异议。他觉得母亲就是应该多占有空间，"她要做事的嘛。那些书我又看不懂。"四十多年来，他们就这么一直令人费解地相安无事，齿轮咬合得很好。

实际上就我的观察，母亲对父亲还是很好的，她从来没对父亲发过脾气，总是和颜悦色的。有时候眼神里会有些不耐烦,但说出来的话还是温和的。父亲退休后喜欢打麻将,她从不反对:去吧去吧,在家你也无聊。父亲的视力不太好,她就从网上的"海外淘"给他买叶黄素吃。父亲身上的衣服鞋袜,也都是母亲买的。作为一个妻子,她是尽了责的,不管她心里怎么想。

就算是嫌弃父亲(我总觉得嫌弃这个词不准确,可也想不出其他的词),我也从来没发现母亲生活中出现过什么其他参照(男人)。她也参加同学聚会,也参加同事聚会,也经常约见作者,都平平淡淡的,没见过她说起谁眼睛发亮。难不成是母亲太过聪明、太过明白,每个出现在她面前的男人,都被她在一眼瞥见之后就一览无余了？还来不及散发荷尔蒙就被她拍死了？这个完全有可能。如此想，我庆幸自己身上有父亲的愚钝。有愚钝，才能享有凡人的幸福吧。

有人说，鞋子合不合脚只有脚知道，夫妻是否般配外人并不清楚。但是，作为最接近他们的"外人"我，还是感觉他们不合适。无论从母亲那里还是从父亲那里，我都感觉到他们不般配——虽然他们并不吵架。不吵架不等于和谐，或许是某一方自动禁言。在我还是少女的时候，就暗暗想，将来一定要嫁一个门当户对的男人，哪怕这个人不顺从自己，哪怕成天吵架（势均力敌才会吵架），也好过父亲母亲那样的局面。

我需要和你谈谈

我的父亲太普通了,长得普通不说,一辈子业绩平平。从农村出来当兵,当了五年兵就退伍。因为在部队学会了修车,退伍后就在汽车修理厂当修理工。恐怕一辈子最风光的事,就是在部队当过一回"五好"战士了。

母亲呢?形容母亲要用很多个"不但……而且",不但漂亮,而且聪明。不但五官端正,而且身材也好。不但聪明,而且勤奋。不但受过高等教育,而且不是书呆子(擅长做家务,擅长理财,还擅长玩儿各种软件)。这样说吧,母亲就像那个永远的"永"字,横竖撇捺点,一样都不少。而父亲呢?父亲最多就是个"正"字了,有的笔画太多,有的则完全缺失。

有一次我把自己的这个比喻告诉了母亲。母亲难得地笑了,说我还挺会形容嘛。我也觉得自己形容得有趣。但母亲随即补充说,你没看到我有很多缺陷吗?大缺陷,我不懂音乐,不会画画。艺术细胞很缺乏。我说,那是细节,就好比"永"字上面那个点不够饱满,或者右边的捺没拉到位。

母亲笑容满面,很开心的样子。我知道她开心并不是因为我夸了她,而是因为我们能这样聊天,用她的话说,很有营养。母亲经常会说,某人说话实在是寡淡,一点儿营养没有。

母亲继续发挥说,如此说来,我这个

"永"字不是颜真卿写的,也不是欧阳询写的,是我爹妈写的,笔画虽然齐全,却不够漂亮。

说完她哈哈大笑,笑得我也被感染了。我说,行了吧妈,别那么苛刻了,有几个人的人生是笔画齐全的?比如我,就跟我爹差不多,有的笔画多了,有的没有。

母亲立即正色道:瞎说什么呢,你缺什么,说说看。我说,我既没你漂亮,也没你聪明。母亲说,我觉得你很漂亮,你看看你皮肤多好。而且头发又黑又亮。至于聪明嘛,你看我就一个本科生,你可是有硕士学位。你读的书比我多。

我笑笑不再说,我从来说不过母亲。但母亲随后补了一刀(或者算锦上添花):最重要的是,你有爱情。你的爱情可以秒杀我的"永"。

或许母亲这样说,并不是为了表明她认为我有爱情,只是为了表明自己没有爱情。有时候人更想表达的是没说出来的那层意思。我知道母亲一直这样认为,她不曾拥有爱情,她在我父亲面前也不讳言。

我大胆推测说:我不信你没有爱情。你年轻时候那么漂亮,肯定有很多人追你。母亲说,还真没有。

我感到不解。很多女人年迈后,一说

到年轻时的风光,总还是很骄傲的。但母亲却不是,她的淡定不像是装的。我说,那一定是因为你太高傲了,人家不敢追。

母亲笑笑,谁知道呢。有一次出版社团年,我们社一个老编辑跟我说,你知不知道,你刚进我们出版社的时候可好看了,眼睛亮亮的,脸颊像红苹果似的,都不像做学问的。我有点儿尴尬,心里却说,为什么现在才说?为什么要等到红苹果晒成苹果干了才说?

我和母亲一起乐起来。其实类似的话,父亲说过。父亲跟我说起母亲年轻的时候是如何美如何动人时,目光里充满爱意和柔情。我想,父亲是有爱情的,单方面的爱慕也是爱情。

我用另一种方式问母亲：你是不是觉得，年轻时没有轰轰隆隆地谈几次恋爱还是挺遗憾的？没想到母亲说，不遗憾。男女之间就那么回事儿。站在人生的终点去看，那只是一个很短的阶段，痛苦也好快乐也好，都很短。但很多人因此付出了终生，不值得。

母亲又说，人的欲望是很多的，必须随时删减，不然就乱套了，欲望之间一旦互相冲突，就会一事无成。所以我把爱情删除了，留下了婚姻。我的婚姻至少可以得个良。

母亲关于婚姻有一整套理论。她说很多人的婚姻都是不及格的,但因为种种原因无法补考。只好自己做自己的老师,闭着眼加分,勉强过关。她说不及格的婚姻比比皆是,以至于成了常态。但是,她居然说自己的婚姻可以得个良。

我惊讶:你真这么觉得?

母亲说,真的。你父亲给了我一份稳定的安全的生活,如果我当初找个大才子,或者找个大帅哥,爱得轰轰隆隆,那日子很可能会过得很折腾、很耗神,然后一事无成。从这点上说,我是很感谢你父亲的。鱼和熊掌,我还是想要熊掌,熊掌稀少。

这样的母亲，对我来说，亦喜亦悲。喜自不必说，悲的是，自己差得太远。

可是现在。我忽然意识到自己以前说"亦喜亦悲"是多么矫情。哪里谈得上悲，不过就是掩饰自己的无能罢了。现在面临的，才可以叫作悲。母亲也是会老的。这么简单的道理，我竟然今天才明白。

十

请原谅我的啰唆，我真的有些混乱，东拉西扯。毕竟我不是在讲故事，我是在讲一个人。说得抽象一些，我在讲一个人的生命形态。可是这样的生命形态，即使所有的细节都真实无疑，也依然会让人觉得不可思议吧？

您觉得有意思？那太好了，我接着讲。

前面我说，母亲突然打电话给我，要我去郊区接她。那件事让我忧虑了几天，有点儿忐忑。可是接下来，她似乎又平安无事了，又回到了从前了。有几次我说去看她，还被她拒绝了，她说她不在家。她似乎给自己安排了很多活动。"有什么你就在电话里说吧。"她这样说，那我也就顺水推舟了。

以前每个周末，总是我们一家三口回去看他们。离婚后这样的聚会没有了。我们叫她过来，她总是推三推四。我不清楚她在忙什么。但我总觉得忙就好，不是一个人在家发呆就好。可是没那么如意。

那天我正坐在儿子的教室里开家长会，年轻的老师正一脸严肃地给我们讲目前小升初的严峻形势。我愈发焦虑。与其说是儿子面临小升初，不如说是我面临。遇上这么个满不在乎的儿子，我焦虑倍增。恨不能拿枪顶着他复习。

忽然感觉手机振动，不由得一阵紧张。现在人们已经很少直接打电话了，大多是发信息，一旦直接打电话，总是有什么不得已的事情。自从母亲出状况,我就手机不离身了,即使开会也是调成振动而不是静音。一看是个陌生的手机号,我按掉了没接,可是又打过来了,如此执着,显然不是什么广告。于是我回了个短信:哪位? 我在开会。

一条短信回过来:你母亲在我们这里,请速回电话。

我吓一跳,迅速猫腰离开了教室。电话打过去,是个男人。他说他是出版社的保安,刚才他在门口遇见了我母亲,他和她打招呼,问她过来办什么事? 母亲竟然说她过来加班,有一本书稿没看完。

保安师傅知道我母亲已经退休几年了，就问她怎么没出去玩儿。母亲愣了一下，似乎意识到了什么，她突然笑了一下，说我是来看看有没有我的信件。母亲的反应依然很快。保安师傅问她，您还记得我吗？母亲笑眯眯地说，哪能不记得。但明显是在敷衍，她不记得他了。以前她总是叫他小周师傅。

母亲进到收发室，仔细翻看那堆无人领取的邮件。小周师傅在一旁说，祝老师，我想咨询一下孩子高考的事。问问你女儿呗。你女儿不是在大学里吗？母亲很快将我的电话给了他。小周师傅就趁母亲看报纸的时候，跑到门外给我打了这个电话。

小周师傅说,我老在网上看到老人走丢的事,我有点儿担心她。退休那么多年跑来上班,有点儿不对劲儿。

我心慌意乱的,先谢了小周师傅,衷心地感谢。然后,镇定了一下,打电话给母亲。

母亲倒是很快接了我的电话。我若无其事地说,你不在家呀?我今天正好有空,想去你那里找个资料呢。母亲说,我出来办事。我说,那我来接你,你在哪儿呢?她说不用接,我在出版社,一会儿坐16路公交就回家了。

听电话,很正常,太正常了。也许刚

才她是一时恍惚？但我相信保安师傅不会无缘无故担心的，她一定又出现那种恍惚的眼神了。我刚要放电话，母亲又来了句，我正要找你。我需要和你谈谈。

不知为何，这句有点儿瘆人。

我没去接她，我相信她能回家。那条线她走了几十年。最重要的是，母亲一旦明白过来自己犯了那样的傻，会无地自容。用我儿子的话说，"人设"崩塌。那对母亲来说是要命的事。

可是，如果母亲真的跑去上班，那比发错信息，比钥匙插在门上，在外面回不了家都要严重。那是真的有问题了。

我随手买了些熟食和水果,来到母亲家。就在我去冰箱放熟食时,又一件让我心惊肉跳的事发生了。我在母亲冰箱的冷柜里,看到一团蓝色的东西,拉开一看,竟然是双袜子!

我的心咚咚咚地跳,好像发现了可怕的秘密。母亲竟然把脏袜子放进了冰箱!我拿出袜子,关上冰箱门,发现门上贴了好多纸条,就是那种黄色的蓝色的粉色的黏黏纸:"记得关气阀!!"(竟然是两个叹号)"烧菜时不要走开!""睡觉前倒一杯水放床边。"

我紧张起来,进屋四处打量。母亲的房间越发凌乱了,东西似乎也少了不少。

书房的桌子上,依然堆着很多备忘录,不同的是,上面写的不再是本周要做的事,而是今天要做的事,每天一张,都有日期,并且非常具体,细化到洗衣服,晒衣服,买卷纸,去社区医院开药,喝三杯水……在晒衣服后面,还加了一句:一定不要忘了晒。

忽然,我在其中一张纸上看到一句:下午去德仁医院。看日期,是半个月前。好像就是她叫我去接她那天。难道她是跑到那家医院去了吗?她不想让我知道,就骗我说是去看老朋友?会是家什么医院呢?

我拿出手机想上网查一下,忽然听到

开门的声音,连忙窜回客厅,在沙发上坐下。

母亲进门,表情一如往常。我也装作什么都不知道的样子,看着自己的手机,心里却在扑腾。

难道母亲真的是,真的是像小姨预感的那样,得了阿尔茨海默病?不可能。不可能。我无法相信。比我自己得了病还要难以接受。我在心里激烈地反对,就好像我激烈反对,事实就不存在了。

母亲淡然地看我一眼说,你怎么来了?

我说,刚才不是给你打电话了吗?我过来找资料,然后和你一起吃个午饭。母亲顿了一下，说，哦，来了正好，我跟你说个事。

她转身去厨房。我拿起桌上找好的一本书跟进去给她看。我说，这本书我借用一下。母亲说，尽管拿去吧。她打开冰箱，把买回的饺子放进冷冻室，说饺子涨价了。

我说，你要跟我说什么？

母亲关上冰箱门看我一眼：就是那个，那个……我提示说，是关于书吗？母亲盯着我，好像答案在我脸上。我揽住她的肩膀说，不急，想起来再说。她忽然说，噢，我是想问你，你们家还有没有空地方？我想把家里的书全部给你。我说那怎么行，都是你的宝贝。母亲说，宝贝也可以换主人。

过了一会儿，母亲又说，我真的在考虑这些书的去处。我现在已经很少用它们了，其中有一部分是你外公留下的，版本很珍贵。你小姨也用不上。如果你也用不上，我打算捐给我母校。

我说，我没意见。还是捐给大学图书馆比较好。我们家还真没地方放。再说现在电子书更方便。

母亲坐下来，盯着我，两眼瞪得很大。但我感觉到她不是在看我，是盯着她面前一个虚无的世界。我心里有点儿发毛,叫了一声,妈。她回过神来,看着我,说:我要和你谈谈。

我说,好的。但她又不说话了,又进入了虚无的世界。神情恍惚。我只好找话说:你今天去出版社干吗?她顿了一下,回答说,我去找资料。我小心翼翼地问,不是去上班?

她突然不高兴了:我怎么会去上班?我都退休好几年了。是不是那个门卫跟你瞎说什么了?我看到他鬼鬼祟祟在打电话。我连忙掩饰:什么门卫?没有啊。她似信非信,还瞪着我。我说,是你自己跟我说的你在出版社嘛。她缓和下来:我就是去看看有没有我邮件。有些人还是习惯把我的邮件寄到出版社的。

看母亲说得那么确定,这么有板有眼,我想,有可能真的是保安多疑了。我多希望是小周师傅瞎说的呀。可是,冰箱里的袜子又作何解释呢?满屋子的小纸条又作何解释呢?但我问不出口。

我别有用心地说,我最近老犯糊涂。牛牛他爸说我每天在家就三件事,找东西,找东西,找东西。母亲说,这可不好,你还这么年轻,就犯糊涂。

口气一如既往。

母亲又说，你放东西一定要有规律，什么东西在什么位置，这样就不会老找。比如，证件放在哪个抽屉，药放在哪个抽屉。养成习惯。我是被你外公训练出来的。小时候我从来不敢说"我忘了"这句话，外公的口头禅是，年轻人的字典里不能有"忘"这个字。

仍然一如既往。

我只好放弃引诱，问，你刚才说想和我谈谈，是什么事？

母亲说，今天算了，改天吧。

我又想起了冰箱里那双蓝色袜子，实在是刺目、刺心。我便试探着说，妈，要不你请个钟点工吧,帮你做做家务,你好安心看书。其实我是希望,有个人每天来家里,避免她出意外。母亲断然回绝道:不必。

母亲依然是强硬的母亲,这让我喜忧参半。

十一

我得再跟您讲讲我的母亲,说说她是个怎样的人吧,那样您才能明白为什么我那么拒绝承认母亲会变糊涂,或者说,母亲她那么拒绝承认自己会糊涂。

母亲虽然声称自己没有爱情,但我感觉她的人生还是充实的、愉悦的,因为她在事业上找到了乐趣,乐此不疲,是那种真正的热爱。

母亲从小就喜欢古文。据她讲,小时候没什么书可看,偶然在外公的书架上找到两本《古文观止》,一篇篇读下来,发生了很大的兴趣,于是问外公还有没有这样"好看"的书?外公很是诧异。夜深人静时,便从床底下拖出一个箱子,里面装着几十本已经有了霉味的"好看"的书,是运动初期外公偷偷藏起来的。外公说,这些书都可以给她看,但是,第一不能带到学校去,第二只能晚上看,第三不能借给任何人。于是从那以后,她每天晚上都不出门,在家里唯一一盏台灯下看那些书。先后读了《四书五经》《唐宋文举要》《乐府诗集》《朱子及其哲学》《绿野仙踪》《聊斋志异》,还有八卷本的《戚蓼生序本石头记》。不论横排本的竖排本的,都挨着读。

参加高考,母亲的数学没考好,得了六十分,但语文却得了八十五分,是他们年级中语文的最高分。后来得知,数学六十也是他们班的高分了。毕竟他们那代人几乎没机会上课。母亲说,拿到卷子,很多题都没见过。大学毕业时学校想让她留校,她却一门心思喜欢故纸堆,最后如愿以偿，分到了古籍出版社。她曾经跟我说过几次，她很幸运，以喜欢的事作为职业。她很投入很专一的，把几十年的职业生涯全部给了古籍书。从编辑一直做到编审，不仅是他们出版社的业务骨干，还是古文学会的骨干，经常被请到大学去讲课。

母亲也曾经有机会当社领导的，被她坚辞了，她说自己不适合当领导。于是一直埋头编书，做编辑做到退休，退休后还被返聘了几年，后来因为眼睛花得厉害，大概快六十五岁了，才彻底离开了出版社。

其实，母亲并非像她说的不适合做管

理人才,聪明的人往往样样通。她是个兴趣广泛的人,什么都肯学,很早就开始用电脑了,作图软件,PPT 软件,她都会用,也很早开始上网,QQ 号都是八位数的。在他们那代人里,应该是少见的。

有一回我看她在用手机扫描旧书上的资料,转换成文档再整理,惊叹不已,夸她能干。她不以为然地说,人家都能发明创造出来,我还能连用都学不会?人和人的差距不能那么大呀。

母亲的好学常会让我想起亚里士多德的观点,人生就是追求卓越,人若能将自己的潜力发挥出来,就是成功。

母亲不只是追求卓越,还喜欢与众不同,比如她出去旅游,就喜欢一个人走,自己做攻略,自己上路。这样的旅游她有过两次,一次去了川藏线,一次去了新西兰。她说找伴儿麻烦,我却觉得她是不屑和其他人为伍。

跟您说两个我母亲的段子吧。

一个是,有一次她看中一双鞋,很贵,是个没见过的牌子,小姑娘便大肆广告说,这个鞋是一线品牌,很多大明星都穿,你可以上网去查。随后她又补了一句,你如果不会上网,就让你孩子帮你查。

母亲放下鞋,拿出手机说,小姑娘,

你把你的手机拿出来，我们比一下，看谁更会上网？小姑娘愣了。母亲说，我敢说，手机的所有功能我都会，你会几样？我会用手机购物缴费，用手机修改稿件修改图片，用手机看书听书，用手机录音录像，用手机发微博发微信，用手机看电影看电视剧，用手机发电子邮件，用手机买车票买机票选座位，用手机炒股转账、买理财产品买基金……

　　小姑娘伸伸舌头笑道，我认输认输。

　　母亲玩儿游戏也很厉害，她还没对小姑娘说这个呢。风行玩儿《热血传奇》的时候，母亲因为打得好，在网上结识了一帮小青年，并且成了他们的头领。后来他们这个群聚会，母亲也去了，当她出现，并说出自己的网名时，小青年们一阵惊呼，直接傻了，个个膜拜无比。

还有个段子是，九十年代末，我们家家底很薄，有一次母亲路过一处新开的楼盘，看到楼顶上挂下来一个竖幅标语：首付五万，你就可以拥有。

我们家那时的存款刚好五万。母亲二话不说，把身上的一千元现金掏出来交了订金，回家后即去银行取出那五万。哪知首付五万，手续费和税费加起来还要五千，母亲就找小姨借了五千，之后，每个月按揭一千，共二十年。那时她和我父亲的收入加起来也就三千多。父亲一句反抗也没有，他相信母亲这样做总有她的道理。那时候大家都没有商品房的概念，我们家一直住在母亲出版社的公寓房里。亲戚们都不理解母亲的行为。

可是，等按揭到第五年时，那房子就翻了一番。母亲果断卖掉了，直接赚了二十万。所以我们家的经济基础，完全是母亲打下的。我在这方面望尘莫及，更不要说父亲了。

我做她的女儿，前四十年不但没有操过心，还非常依赖她。她不只会做学问，生活方面的知识也很强大，属于过目不忘。家里吃什么，她都能说出营养成分，好处和坏处。这两年常看到有人转发关于少用抗生素的文章，我都会在心里感激我母亲，她早就有这个观念了。拜她所赐，我儿子从出生到现在都没有打过点滴，我也几乎没有。

有一年我犯了头痛的毛病，痛起来天旋地转，只能躺倒在床上。我感觉是工作压力太大，导致神经紧张的缘故，就去校医那里开了些安神止疼的药吃。母亲知道后说，不要瞎吃药，你一定是颈椎出问题了，脊椎神经受到压迫引起的，去拍个片。我连忙去拍片，果然是颈椎退行性病变。医生批评我，年纪轻轻颈椎就出问题，赶紧锻炼。事后我问母亲，你常年伏案，怎么没听你说颈椎有问题呢？母亲说，我哪能什么都跟你说？我当然疼过，也去看过医生。

总是这样,母亲替我解决难题,而母亲的难题,我却无从知晓。

母亲就像是我的靠山,一直立在那儿,我需要的时候去找她,不需要的时候她就像不存在似的,从不麻烦我。

我哪能什么都跟你说。这就是我母亲的风格。

一句话,在此之前的几十年里,母亲不但是一盏省油的灯,还是可以给我照亮的灯。

这样的灯,也会灭吗?

这样的大脑，也会糊涂吗？

就是因为这些，我不敢和母亲谈，不敢揭示真相，比如直接告诉她，你把袜子放到冰箱里了，你脑子出问题了。我怕她。

可以这样说，我不敢质疑母亲，就如同不敢质疑上帝，不敢质疑佛祖，不敢质疑老天爷。我希望她主动说，你陪我去一下医院吧。

哪怕她说一句，我好像有点儿不舒服，我也会马上跟一句，咱们去看看医生？可是她在我面前，总是一如既往，总是表现出"我很好"的样子，让我无从提起"医院"这两个字。

十二

我忧心忡忡地跟丈夫商量：这段时间儿子交给你来管吧，我想全力以赴地管我妈。她越来越让人操心了。

丈夫说，好，你去。儿子毕竟小升初，考不好了今后还有机会弥补。妈妈那儿出了问题你要后悔一辈子。

我总觉得他的话哪儿不对劲儿。也许我是希望他说，儿子没问题，有我呢。但我也没心情计较了。我告诉他，我母亲竟然跑到出版社去上班，完全忘了自己已经退休好几年了。而且，关键是，我在她房间里发现了好多异常，到处是小纸条，提醒自己要干吗（至于袜子在冰箱的事我没提，我还想维护母亲的面子）。

我那四平八稳的丈夫终于被惊到了，一脸错愕。

过了一会儿他说，我觉得，你还是得去和爸爸谈谈，尽管他们已经离婚了，他才是最了解妈的人。另外还有小姨，你也得告诉她。你们三个得好好商量，一起想办法。你一个人提心吊胆，一点儿用也没有。你们首先要确定妈妈到底是什么问题，然后，想出解决办法。比如，该去医院就得去医院。

所言极是。丈夫的一番话让我的心定了一点。其实我也是这样想的,只是他说出后更坚定了我的想法。就好像往墙里钉钉子,最后那一锤,让钉子彻底进入墙壁。

第二天我直接去了父亲家。刚停好车,就遇见了父亲,看样子他刚刚锻炼过,脸上汗涔涔的。

他见到我很有些惊喜:你这坨泥巴今天怎么跑来了?

我从车上抱下一箱苹果说,给你送苹果来了。你不是很爱吃苹果吗?父亲说,爱是爱,就是现在牙齿不行了。我说,那就切成片吃。父亲说,煮着也要吃,女儿给我的呀。

父亲一边和我往家走,一边嘚嘚嘚地叩牙。我说,你干吗呢?他说,我今天早上忘了叩牙。我每天要叩两百下的,这叫健齿。不然牙齿要掉光了。

我笑。父亲说,唉,没办法。这几年身体大不如以前了,一会儿腰疼,一会儿颈椎疼,一会儿肩周炎,一会儿牙疼,一会儿关节疼。

我习惯性地问,那你去看了吗?

父亲说,看也没啥用。老了,不出毛病才怪。年轻的时候病是敌人,入侵你、欺负你,很快就被你兵强马壮地打跑了。年老的时候病是朋友,敲门进来就不走了。这种时候,你只有心平气和与它共处,共同走完最后一程。

我说,咂,老爸,你还这么有哲理。

父亲说,那我也不能白和你妈待那么多年吧。

我说,我还是给你买点儿鱼油、维生素、钙片什么的保健品吧。

父亲说,我不喜欢吃那些,我就是锻炼。我总结出了一整套锻炼方式,我跟你说哈,早上起来先叩牙两百下,再拍打腿关节一百下,再前后左右转头二十下,然后用力甩胳膊一百下,泡好茶后,用茶气熏眼两分钟。晚上再到健身器械上活动半小时，出出汗，排排毒。

我说，爸你这都是跟哪儿学的？

父亲说，我自己总结出来的呀。其实我早就想这么做的，怕你妈说我神神道道。现在我一个人，随便乱整都可以了。我认为任何养生之道都贵在坚持。对不对？我坚持个一年半载肯定大见成效。

我说，可以练练。反正你那些方式也没坏处。不过保健品也吃点儿，还是有效的。不然为啥现在人的寿命都长？不要说人，你看连动物的寿命都比原来长，小姨家的豆豆（泰迪），都十九岁了，这几年小姨一直在给它吃微量元素和钙片呢。那天我看到新闻,那个叫新星的大熊猫都三十七岁了。它肯定也吃了不少保健品呢。

父亲说,那好,你去给我买点儿,我也享受一下豆豆的待遇。

进门,我发现房间已不如上次来时整洁了。一个老男人,让他每天把屋子收拾整齐,确实是为难他。我暗想,也许我应该帮父亲找个伴儿了,还有,也得帮母亲找个钟点工,这两件事都必须做。不过母亲的事要优先。

我放下苹果,转身,看到父亲的一缕头发,从顶上掉下来了,挂在左眼角旁边,十分滑稽。我上前帮他撩起来,重新放回到头顶上。头顶光亮可鉴，那一缕头发像毛笔画上去的。

我说，爸你还不如剃光头算了。

父亲说，我不剃，我有头发。

他转过身让我看后脑勺：你看，这么多。

跟着又说了句，剃光头像黑社会的。

我笑了，不再劝他。父亲又泡了两杯浓浓的花茶。我们就在麻将桌边坐下，面对面。父亲说，说吧，什么事？你肯定无事不登三宝殿，有事找我的。

我也顾不上嘘寒问暖了，直截了当地

跟他说了母亲最近的情况。钥匙插在门上,外出不能回家,尤其是,昨天突然跑到出版社去上班,袜子放在冰箱里。真的发生了很大变化。

父亲的神情不断变化着,我完全能看懂。最先是不以为然:哼,非要分开过,能过好吗?然后是:怎么会这样?她是个多么聪明能干的女人啊。再然后是:怎么办?怎么办?但他一句话也没说。我也没逼他表态。我知道他需要消化。

我说,我也知道你们现在不是夫妻了,可是妈妈的事,我没人可商量,还是得和你说。

父亲开口道：你当然应该和我说，你不和我说才不对。你想我们在一起四十多年，分开才几个月。但是，但是，不可能啊。

父亲蹙着眉，端起茶来，一口没喝又放下了。对他来说，这样的事可能是他这辈子遇到的最难的事了。忽然他一拍桌子，做出一副想明白了的样子大声说：我看，你妈她，就是一时糊涂，绝对不是得了那个阿什么海。

我说，阿尔茨海默病。

对，不可能是那个病。她那么聪明的人，脑子那么好使，怎么可能得阿尔茨海默病?我们全家得她也不会得。父亲神情有些激动,好像在替母亲辩护:我看,她就是离开我不习惯,乱了方寸。肯定是这样的。肯定是。她不可能得病。

父亲竟然会用乱了方寸这样的词语。我苦笑说,我也不愿意相信啊,可是她那些表现,不是普通的糊涂,是有认知障碍。

我也说出了一个刚学会的词语。父亲没问我那个词语的意思,坚决地说,我不信。打死我也不信。

我不知该说什么了。看来父亲无法接受,比母亲突然提出离婚还要难以接受。我也无法接受啊。可是,这不是以我们的主观意志为转移的。父亲喃喃自语说，我不该答应她离婚，我应该赖着不走的。我不走就不会出这些事。

我眼圈儿红了。我可不想让父亲着急上火，再出什么差错，于是连忙安慰他说，你说的有道理，她可能就是不适应一个人过日子。你不用担心，我再观察一下。我最近多去她那儿看看。

父亲说，不过，咱们也不能不采取措施。

父亲撩起掉下来的那缕头发，颇为果断地说：从明天开始，我跟着她，我不打麻将了，免得她出意外。她去哪儿我去哪儿。你妈那个人死要面子,要是找不回家,她宁可到处瞎逛,也不会找警察问路。

如果能这样那就太好了。我忍不住说:但是要辛苦你了老爸。

父亲说,有啥辛苦的,我腿脚好使着呢。想当年在部队,五公里越野跑第一。

我说,我去找医生咨询。我们分头行动。如果真是有问题,我们还是要送她去医院。

父亲说,那就得看你的了,她不听我的。

我长叹一声。父亲过来搂搂我的肩膀,他已经很久没有这样的举动了:泥巴,别叹气,别皱着眉头。没什么大不了的,还有爸爸呢。你妈不是经常说吗,天塌不下来。

我努力笑了一下说,好的,爸爸。

十三

您说得对,我不该拖延,不管怎样都该和母亲正式谈,认真地告诉她必须去看医生了。哪怕她发火,也得谈。

可是我每次一面对母亲,就说不出口了。

坦率地说，如果是父亲得了这个病，我没那么焦虑，并不是我不爱父亲，我很爱他。而是父亲会顺其自然地面对，我照顾他他会接受。母亲却不会，母亲是一定要折腾的，负隅顽抗。而我，恰恰一辈子都很膜拜她与生命的各种抗争。

夜里失眠的时候，我用手机上网查看资料，才发现眼下患这种病的人特别多。这样说吧，每三秒这世界上就有一个人走进这个病的行列，目前全世界大约有五千万，每年新增一千万，到二〇五〇年会达到一亿五千万。其中六十岁以上的患病比例是5%~8%，就是说一百个六十岁以上的人，就有五到八个会罹患此病。

太可怕了。

是的，您说得对，过去也多，但过去很多人得了也不知道，就以为是老糊涂了，到死都不知道，那是一种神经系统的病。现在医学发展了，才能被告知这不是简单的老糊涂，是神经退行性疾病。

退行性可真不是个好词儿，关节退行性，就会导致关节疼痛，不能爬山乃至不能走路。脑子退行性，就会导致神经系统出问题，更可怕。可是人一旦老了，哪还有前进的器官，不都是后退吗？母亲曾跟我说，人体器官里，只有鼻子和耳朵是一直生长的，其他都在萎缩。所以人老了鼻子大耳朵长。可惜，那只是肉体的增长。

多希望现代科技能更新大脑、更新神经系统啊。

有篇文章说,其实人到中年以后大脑就逐渐开始萎缩,六十岁以后,大脑容积会以每年 0.5%～1% 的速度减少,就像皮肤会长皱纹一样,人脑萎缩是每个人不可避免的自然现象。

脑萎缩并非一定会痴呆。所以分为生理性萎缩和病理性萎缩。如果是病理性萎缩,不仅仅会出现认知障碍,还会出现语言障碍和行为障碍,还会出现性格及行为异常、情绪异常。其中发生神经性病变的,就是我们常说的阿尔茨海默病。其实阿尔茨海默病,只是认知障碍症中的一种，另外还有三四种病症。但是无论是哪种，都是不可逆的。

还有一篇文章谈到，通过研究发现，血液中 Tau 蛋白升高，会增加罹患阿尔茨海默病的风险。而经常熬夜，就会导致血液中的 Tau 蛋白升高。母亲的确经常熬夜，可怕的是，我也经常熬夜，我一边了解一边暗暗下决心，要调整，要调整。

回想起来，我有个闺密曾跟我说起过，她妈妈原先是个脾气很好的人，对人特别友善，一辈子不发脾气。但老了之后忽然变了，变得多疑、苛刻、脾气暴躁，她给她换了五六个保姆，都待不下去，很是让人不解。但她一个人又无法生活了，最后只好送到医院。她非常痛苦,又非常无奈。现在想来,其实那就是一种病症,不是脾气变坏了。

我继续查找,发现了一个公众号,就是专门关注这个病症的,"爱记忆",是个认知症应用加服务在线服务号。其中有脑健康自我检查,记忆体检。可以自测,也可以帮他人测,看是否有认知障碍。认知障碍分三个阶段,轻度、中度、重度。

我想帮母亲测一下,这才发现,我对母亲的很多情况都不了解。比如睡眠质量、饮食情况以及日常。这让我羞愧。

我心乱如麻,在暗夜里发呆。

忽然想起，我有个同学的丈夫，就是精神科的医生，在市里的精神卫生中心工作。当时同学和我说起时，我一点儿也没往心里去，感觉那种地方和自己永远都不会有干系。此刻，我顾不得已是夜里，给同学发了条信息，简要说了母亲的情况，希望能向她丈夫做个咨询。好在同学很理解，马上答应和她丈夫约。

第二天我就去了医院。见到同学丈夫后，我迫不及待地一股脑儿将母亲的情况全部告诉了他，包括我的一些感觉。

她丈夫姓李。李医生说，从你的讲述判断，你母亲应该是有认知障碍了。至于到了什么程度，还需要进一步检查，我需要和她面谈,还需要给她做一些仪器检测。

我抱着一线希望说,可是我母亲并不是每时每刻都糊涂,多数时候她是清楚的,就这几个月她还在处理好多家里的事(我没和他说父母离婚的事)。我感觉她还是挺有能力的。

李医生说,也许你母亲属于比较理性的知识女性,她在努力把控自己,甚至她意识到自己患病了,想努力安排好以后的生活,她不想把糟糕的一面展示给家人,不想拖累家人。可是她不知道,这个病恰好就是要有家人照顾,一个人生活是很危险的。不只是糊涂,还有可能步态不稳,四肢不协调。

我紧张起来。又问：目前对这个病有什么办法吗？

李医生说，目前还没有特别有效的医疗手段。但是尽早确诊后可以进行科学干预，采取有的放矢的照护，可以控制病情。你最好马上带她来做个检查，起码要做一个脑部核磁共振，看看她的神经原纤维的缠结和神经元斑块是否增多了，看看颞顶叶皮层、海马回等部位的萎缩程度。

这些生僻的词，我是第一次听说。我答应李医生，尽快带母亲来做检查。可是怎么才能说服母亲呢？母亲那么大个人，我又不能拖着她来,她的意志还那么强大。必须说服她,让她自愿来医院。只有让小姨帮忙了。

十四

我感觉,母亲的很多秘密,小姨都知道。毕竟她们是姐妹,是目前这个世界上相识最早的人(外公外婆都已离世多年了)。

小姨虽然是母亲的妹妹,一个爹妈生的,性格却大不同。小姨是个随遇而安的女人，很耐得住性子，什么事情都是可有可无。高考没考好，就读了个财经学校，她也不觉得有什么大不了的。外公外婆感到遗憾时，她就笑嘻嘻地说，我一定让女儿考个名牌弥补你们的遗憾。她和姨父两个也是一辈子相安无事，陪伴到老。

我把母亲最近的异常都告诉了小姨：一个人跑到花满都，找不回家，让我去接；一个人跑到出版社，以为自己要上班，但坚决不承认；还有，家里到处是小纸条，竟然把袜子放在冰箱里……

小姨神情黯然。我很少见她这样。她是个不怎么发愁的人。"我就说嘛，我就说嘛。"她连着唠叨这两句，虽然是两句很简单的话,却让我感觉到后面有股潮水在涌动。

真是瞎折腾,离什么婚嘛。她又说。

我早有感觉。是祸躲不过啊。她又说。

她说这些的时候,手上正在剥橘子。眉头紧蹙,好像橘子皮很难剥。或者,她在努力抵挡着要涌出胸口的浪头。年迈的豆豆卧在她的脚边,一动不动,似乎已经对吃失去了热情。

我终于忍不住问,躲什么祸?

小姨把剥好的橘子递给我,然后开始用橘子皮挤汁,涂抹在手背上。一股橘子皮特有的气味散发开来。这个动作和母亲太像了。母亲吃完橘子也是这个动作。当我笑话她时她理直气壮地说,活到这个年龄了,没点儿怪癖说不过去。母亲又说,这是因为外婆喜欢这么做,外婆认为橘子皮里挤出的汁能滋润皮肤。原来一代和一代的传承,不只基因,还有耳濡目染的熏陶。

小姨。我叫了一句。

她抬头看我,我看到那股涌来的浪头已经到她喉头了。她丢下橘子皮,往沙发后背一靠,动作有点儿重,以至于豆豆抬头看了她一眼。

我需要和你谈谈

唉。我早就想和你说了。今年春节,就是过年的时候,年三十那个晚上。小姨以颇为啰唆的方式开了头,我竖起耳朵听。

小姨说,年三十的晚上,你们不是都去烧头香了吗,就我和你妈两个人在家。

是的。每年年三十晚上,我爸都要去寺庙烧头香,我老公也是个积极响应的人,我只好跟着他们。而我妈,用她自己的话说,是个彻底的无神论者,绝不参与这些事。

那天晚上就我们俩在家,天南海北地聊。我们也很久没那么长时间聊天了。后来也不知怎么,你妈就提起了你外公家以前的事,主要是那个老姑妈的事。

什么老姑妈?我问。外公去世时我才三岁,一年后外婆也去世了,所以我对外公家的事很不了解。

老姑妈就是外公的亲姐姐。小姨说,不知为何没有出嫁,一直住在外公家,就是说,是外公养着她。外婆说,老姑妈年轻时感情受过挫,就成了老姑娘。小时候我们就觉得她与众不同,喜欢穿旗袍,喜欢挽发髻。每天闷在家里看书、画画。画那种工笔画,一只鸟都要画半个月那种。也不爱和我们说话,偶尔说话,也是很奇怪的话,我们听不懂。

我不明白小姨怎么讲起老姑妈来了,我是想和她谈我妈妈的。

小姨说,"文革"来了,外公不准她再穿旗袍,外婆给她买的蓝衣服她就拿剪刀剪。再后来就变得有点儿疯癫的,经常一个人跑出去,把自己的衣服送给流浪汉,还把家里的米拿出去送人。那时候物资匮乏,家里的米都不够吃。外公怎么阻拦都没用。那个时候,老姑妈已经年过半百了。有一天她跑出去,跟着串联的红卫兵跑到了火车站,找不回家了,外公急坏了,到处贴寻人启事。两天后,她才被铁路公安送回家来,蓬头垢面的。外公只好把她锁在屋子里,她就在屋子里大喊大叫,摔东西。终于有一天,她又跑出去了，几天都没回家，后来，在沙河边发现了她的尸体，淹死了。那时你妈刚读初中，我还在读小学。我们都吓坏了。听左邻右舍的人议论说，老姑妈是"花疯子"，因为没能嫁给喜欢的人，就疯了。外公很生气，他跟我们说，你们姑妈不是花疯子，是身体有病，一种很难治的病。

小姨说，外公当时很难过，念叨说，这是摆不脱的命。

我默想，果然是每个家庭都有自己的小宇宙。小姨说，那天晚上，就是年三十晚上，你妈忽然跟我提起老姑妈，她问我，你知不知道老姑妈到底是什么病？我说我哪知道。你妈说，我感觉她是阿尔茨海默病。我没说话，我不愿去想这种事。

你妈说,听爸说,咱们祝家的人,从祖爷爷那代开始,几乎每代都会出现一个像姑妈这样的人,神经系统有问题。

真的吗?我怎么从来没听妈妈说过?我打断小姨,同时心里一惊。如果这个病会遗传,那么我,我也会得吗?等我到了母亲的年龄……不,现在不能想这些。我瞬间掐灭了这个念头。

以前我总是遗憾自己不像母亲,这一刻却暗暗庆幸我更像父亲。我是不是很自私?

小姨说,也许你妈不愿意和你说。我也不愿意说。搞清楚又怎样?那些东西在你的血脉里,并不是说你搞清楚了就可以改变什么。但是你妈就喜欢追根究底。我有意把话题岔开,问她西班牙语学得怎么样了。她不回答,还是很固执地念叨这个事儿。她说,听说有家族遗传病史的人,患阿尔茨海默病的概率比较高。我说你就别胡思乱想了,反正到了二〇二八年,人类就可以长生不老了。你妈说,如果一个人变得糊里糊涂的,长寿有什么意思?我说,大过年的,别净说这些不痛快的。

你妈沉默了。我总觉得她还在顺着她那个思路往牛角尖里钻。我想说点儿有希望的,把她拉出来。

我说,如果将来科技发达了,科技跟上帝一样可以满足你一个愿望,你最想要的是什么?你妈不回答。我就自己回答,我说，我的愿望是，和另一个世界沟通。一来，可以和咱爸咱妈聊聊天，看看他们在那边过得怎么样。二来，也为今后自己去到那儿壮个胆。

你妈终于被我逗乐了。但很快，她非常严肃认真地说，如果让我祈祷科技帝，我最大的愿望是，永不失智。

我一时没听明白。我以为是矢志不渝那个意思，开玩笑说，你的志向是什么呀？

她说：我宁愿不能走了坐轮椅，宁愿失聪了听不见，宁愿失明了看不见，也希望自己永远不要失智，我希望自己到死都是清醒的。我的大脑永远不要萎缩。

我被她的话震住了,有些心惊肉跳。不由得嗔了一句:你瞎想什么呢,怪吓人的。她蹙着眉说,我不是瞎说,我是认真的。虽然生命是一种化学反应,从无机物变为有机物,但在我看来生命更应该是一种精神形态。你不觉得吗?生命应当是灵动的、美妙的,凝聚着一股精气神,没有了精气神,就是一副臭皮囊。

其实我们以前也谈论过衰老这个话题。但她总是表现出积极向上的态度。当我说老了没意思,要忍受自己变得越来越难看,忍受各种病痛时,她还很幽默,她说老了就老了,老了说明我没有英年早逝。

可是现在,她竟然对老了后可能发生

的事如此恐怖。也许是因为她太聪明了,才那么害怕失智吧?就像美女害怕失去容颜一样。越珍惜什么,就越怕失去什么。

你妈继续抓着这个话题不放:如果有一天真的变成又傻又痴的样子,还不如嘎嘣一下了断算了。你说那些人一天到晚发明那些不长皱纹的东西干吗?又是护肤霜又是爽肤水又是面膜,还有各种仪器,为什么就不发明一个脑子不萎缩的产品?把脸搞那么光,脑子皱巴巴的,有什么意思?还不是驴粪球一个。这么长时间以来,我学这个学那个,打游戏炒股,一切的一切,就是想锻炼脑子,怕脑子坏了,特别怕。可是我的脑子就是大不如从前了,我明显感觉到了。有时候我真恨不能扒开脑袋看看,里面怎么了。

你妈说这些的时候,眼里满是我从没见过的无助感,让我很惊异。你知道,她从来都是笃定的、自信的。那么无助让我很不习惯。我连忙安慰她说,年纪大了脑子肯定不如从前。我现在都糊涂了,这是正常的。

她默然,然后长长地叹了口气。她是很少叹气的。她是个什么都想得通的人。我们俩其实都这样,像外婆,什么都看得开。但表现出来的不一样。我想通了,就是稀里糊涂过日子;她想通了,就是很清楚地过日子,预测到什么就事先安排好。

她叹气之后跟我说,想来想去,我这

辈子最欠的,是老卢。他人好,不计较我,可是我心里歉疚。老实说,旁人总觉得他配不上我,其实是我配不上他。

既然对不起,欠我爸,那她还离婚?我按捺不住地插话。把手上的橘子放回到茶几上,我实在是没心思吃。

小姨说,我感觉她离婚,真的是替你爸着想。她跟我说,她这辈子欠你爸的。也许,也许她已经意识到……

我说,你是说她意识到自己会变成一个拖累人的老糊涂,不想把我爸的晚年搞成一个辛苦的看护?

小姨点头,说,以我对她的了解,她

不会无缘无故和我聊这些的。她肯定是有什么预感。而且她和我说话的时候,会突然发呆。有时候,她用手指着一个东西,点点点,却半天说不出话来。以前她可是滔滔不绝的,我跟不上她的思维。果然,过完春节,她就和你爸离婚了。

那次你跟我说,她在外面要你去接她,你感觉不对劲儿,我就想约她一起出去旅游,也许她不适应一个人生活。可是她马上回绝了,说她走不开,有好多事要做。我问她不可以回来再做吗?她说不能拖。我打电话给她,约她一起吃饭。她也总说没空,还说你忙你的吧,你来我还麻烦。

十五

我和小姨把关于我母亲的事儿,聊了个底朝天。我们最后商定,一起去找母亲谈,明确要她去医院做检查。第二天下午,我先去母亲那儿,和她一起吃了晚饭。很简单的晚饭,我买了两个熟菜,母亲烧了个汤。

晚饭后小姨来了,假装不知道我在母亲家,送来一袋她刚蒸好的馒头。但面对母亲,我仍不知如何开口,固有的对母亲的畏惧心理太强大了。

就在这个时候,母亲犯了个错,给了

我一个机会。她竟然接过小姨的馒头,放到了书架上。当她发现我瞪大眼睛看着她时,她猛地意识到自己犯了错,顿时窘迫万分。我连连说没事儿,拿起馒头放进冰箱里。

母亲跌坐在沙发上,脸上呈现出从未有过的自卑、胆怯,和不知所措,真让我心疼不已。我还是抓住机会,小心翼翼地说,妈,要不咱们去医院看看吧。

母亲不响,我正想往下说,她似乎镇定下来了,缓缓地说:去医院看什么?我又没病。我今年那个,那个考试……

我忍不住提示说,你是说体检吧?

母亲说，对，我的体检结果都很正常。

我和小姨频繁地交换着目光。我猜小姨和我一样心里在擂鼓。差不多可以确定，母亲的确病了，有了认知障碍。我在资料里就看到过这一条，语言表达障碍。她把体检，说成考试。

我说，那个体检，只是一般的检查。

我不敢说咱们去看看大脑，看看神经系统。那是母亲最敏感的穴位。不要说触碰，就是提到她都会发作。

我鼓起勇气接着说，我觉得你这段时间，好像和以前不一样了（我没举证，大家都心知肚明）。那个，变化有点儿大，我挺担心的。我觉得,咱们最好还是去医院做个检查,排除一下,如果没事儿的话,大家都好放心。

不料母亲生气了,大声训我:我哪里和以前不一样了?我不就是糊涂了两回吗?你不是也经常糊涂吗?还有你,她指着小姨,你还丢三落四呢。难道你俩也得了那个病?

奇怪的是,我们都不提病的名字,就好像单恋的人总回避说对方的名字一样。心虚。我们都心虚。

我换了个角度:要不,咱们先做个记忆检测看看?我知道有个网站有这种检测题,我做了一遍,分数都不高。我发给你,你试试?

我之所以说这个,是因为我知道母亲很喜欢做各种题,什么 IQ 测试,什么"难倒哈佛博士的五道题",什么"只有百分之一的人能答对"。每每做完得了高分,她会截屏给我看。但此刻母亲却没被我诱惑,她不说话,不知听进去没有。

小姨终于开口了。小姨也不提病的名字,而是说,姐,这个问题咱们不是谈过吗?你忘了,年三十晚上,咱们谈了很长时间。我知道你一直在担心。所以我也觉得应该去医院看看,云泥说得对,做个检查,如果没问题,就可以彻底放心了。

母亲没再发作。过了一会儿她说,你们是不是背着我商量过了?

我连忙说,没有,没有。我就是看你刚才,刚才放馒头……我也是忽然想起的。我是怕万一,万一……

我的怯懦终于让小姨不耐烦了,我从没见她那么激动过。她把茶杯往桌子上一蹾:干吗那么忌讳?不就是阿尔茨海默病吗?得个病又不是做了见不得人的事,又不是犯了法,连提都不敢提?这世上那么多了不起的人都得过这病,干吗要跟做贼似的?

摊牌了。终于摊牌了。我心里暗暗松

了口气,同时万分紧张地看着母亲。母亲愣了,不看小姨,也不看我,双手支着下巴。好一会儿才回答说,知道了。我会安排时间的。

声音很轻,略有些暗哑,不过依然透着一股倔强。

我暗暗松了口气。

小姨走过去,揽住她的肩膀,缓和了语气说,我也准备去做个检查呢,咱们这个年龄查一下为好,心里有数。不用怕,再说怕也没用。没什么大不了的,咱俩现在说好了,万一你痴呆了,我来照顾你;万一我痴呆了,你来照顾我。

母亲抬起头来盯着小姨,突然大笑起来,笑得很夸张。母亲说,你们觉得我傻了?怎么可能!我才不会痴呆呢,我昨天还默写了《春江花月夜》,还背诵了《楚辞》,我昨天还把《天天爱消除》最新的十五关打通了。我才不会痴呆!

母亲又恢复了她那辨识度极高的嗓音,响亮,有韧性,一点儿都不拖泥带水,光听声音,完全不像年近七十的人。她似乎自己也被自己那番话给激励了,站了起来,眼睛里重新有了光亮:

这个问题我早想过了。现在科技发展那么快,日新月异,还有那个埃隆·马斯克,我最膜拜的那个"硅谷钢铁侠",他肯定能发明出一种 AI 来解决这个问题的。他已经提出要把数字智能和生物智能融合到一起了。说不定将来往脑袋里植入个芯片，脑子唰的一下就全部更新了。我一定会等到那天的。等我脑子全部更新，回到出厂设置后，我会重新选个专业来学习。

一番高论让我和小姨瞠目结舌，我仿佛看到母亲熟练地驾驶着特斯拉，在虚幻和现实中来回变道，灯都不打。那个瞬间我感觉出问题的是我们，而不是母亲。母亲她什么都明白。难道是我们多虑了？

我习惯性地附和说，对的对的，现在高科技分分钟有创新，肯定能行的。我都好期待。

小姨却比我冷静，依然坚守在现实世界：所以呢，咱们还是先去医院做个检查，知己知彼，有备无患。

母亲突然一脸疑惑：去医院？检查什么？

我心里一凉，母亲又不打灯就变道了。小姨说，刚才咱们不是商量好了吗，去医院做个检查，做个脑部核磁共振。我随即跟上：就算有高科技，咱们也要做到心里有数。我看就下周吧，我陪你去。

母亲沉默了好一会儿，似乎是在努力理解我们的话。最后她终于开口说，不用你，我自己会去的。跟着又加了一句，你什么时候陪我看过病？

我心里无比内疚。是的,我还从来没陪母亲看过病。我连忙说,这次就让我陪你吧。我认识一个医生,是我同学的丈夫,我们可以找他。其实就是做个脑部核磁共振,不复杂。

母亲缓和了语气说,真的不用,你那么忙。我不是讽刺你,我知道你真的很忙,牛牛今年小升初。

母亲竟然准确地说出了儿子小升初,让我稍稍安心一些。我说,小升初的事没什么大不了的,还有他爸呢。

小姨说,还是我陪你吧,我反正没啥事儿,你定个时间。

母亲说，好，我定了告诉你。

小姨说，最好就这几天。我知道你没有拖延症的。

母亲很轻地嗯了一声。我和小姨又快速交换了一下目光。只能说到此了。她那么大个人，我们又不能拖着她去医院、扛着她去医院。

我们离开时，母亲在门口微微躬身，似乎请求我们的原谅。这样的举止让我感到陌生。回家的路上我想，母亲那么拒绝我陪她看病，是不是她已经去过医院了？她悄悄去过了，检查过了，然后……

忽然想起,那天看到母亲纸条上写的"下午去德仁医院",却一直忘了查(我也是健忘啊)。我迅速在路边停车,上网查询,果然,第一句就是:"德仁医院是一家引入日本照护理念的高端养老服务机构。服务对象为高龄长者、失智者、失能者。"

看来,母亲不但明白了自己的状况,而且开始考虑后路了。她那一大套关于人工智能的想象,其实也是"后路"的一部分吧。

十六

抱歉，我喝口水，我有些心乱。

第二天我发微信给母亲："去医院的事确定了吗？"她没回。晚上我又发，她回了，这周事情多，下周去。好吧，我就等下周。

恰好那段时间我焦头烂额的，除了自己的暑期工作外，业余时间全部奉献给了儿子。儿子的小升初考得不好，为了能让他进重点中学，我投入了很多的时间精力，找人、托人、求人。其间的复杂滋味我就不说了。

好在，我还有父亲这个后援。

那些日子，父亲每天和我通一次话，他现在已经能熟练地使用微信语音了。他文化不高，打字慢，就直接用语音。他真的放弃了打麻将，每天在小区门口溜达，母亲一出门他就跟上。而且，他为了方便，还去剃了光头，他说剃了光头我妈认不出他了，便于跟踪。

唉，我的老爸。我忽然想，为什么反倒是高智商的母亲糊涂了，木讷的父亲一直都清楚呢？大脑真是不可捉摸。

"今天你妈去了保险公司,好长时间才出来。"

"今天来了个小货车,从家里搬走好多书。不知道搬哪儿去了。"

"今天你妈去了咱们家原来的老房子,不知道去干吗,过了好一会儿才出来。"

"今天你妈去了社区医院,回来的时候还买了菜。"

有父亲,我心里好受了很多,母亲不至于发生什么意外。但我还是需要她告诉我,到底去检查没有,医生是怎么说的。不管是什么结局,我都希望那只靴子赶紧掉下来,哪怕砸我脑袋上,砸得很痛,我也好知道接下来该怎么办。

终于，靴子掉下来了。但不是我预想中的那只。

那天我正一脸讨好地在和一个校长谈儿子读书的事。那个校长是经我同学的同学才联系上的，重点中学的校长。我刚把我的意思表达完，还没来得及等校长表态，手机就振动了。一看，是父亲发来的一段语音。我瞥了一眼，悄悄长按，把语音转换成文字。

父亲讲话有老家口音，转换成文字，夹了不少莫名其妙的字，比如他叫我"泥巴"，转换成了"你把"。但我还是能看懂个大概，他告诉我，母亲今天一直没出门，他觉得有点儿奇怪。前几天每天上午都出门。最晚也是中午。他特意跑过去看，家里连窗帘都没拉开。

我尴尬地跟校长笑笑，给父亲回了一句：是不是还在睡觉？

因为几天前发生过这样的事，母亲到中午都没出门。父亲着急上火要我去看，我还来不及去，他就发信息说母亲出门了。

但是父亲又发来一段语音：我刚才打了电话，座机没人接，手机也没人接。我实在是心焦。现在已经是下午三点多了，她一个人在家，万一，万一有啥子事呢。你想她连窗帘都没拉开，太反常了，太反常了。只有你跑回去看一下了，我又进不去她的门。

我无心再和校长谈了,抱歉说家里突然有急事,匆匆起身离开。会谈结果如何,听天由命吧。

路上我把父亲的语音又听了一遍,心里有一种不好的预感。人是必须被告知坏消息的,因为生命本身是残酷的。我脑子里突然蹦出了这么一句话。仿佛应景似的,老天开始下雨,是那种湿乎乎、热乎乎的仲夏的雨。我再打母亲的电话,座机、手机,反复打,都没人接。我感觉自己脑袋发蒙。

到了母亲家,我几乎是冲进门的,一

边冲一边喊"妈",真希望听到那个熟悉的声音应答我,哪怕她我,那么着急忙慌干什么?我不是好好的吗?

但家里静悄悄的,一丝人气也没有,只充斥着闷热的不安的空气。卧室,书房,厕所,厨房,阳台,我依次看了个遍,都没人。再回头,发现门边摆放着母亲的拖鞋。

我稍稍松了口气。至少,母亲没有在家里发生意外。显然她是一大早就出门了,父亲没看见。

我先给父亲打电话,叫他不要急。可怜的父亲,毕竟也是七十多岁的人了。父亲松了口气,但还是很不解:她出去了?

她那么早跑哪儿去了?我可是七点就在院子门口转悠的。

我心里一点儿谱也没有。我只能叫父亲别想那么多了,先回家休息。父亲不肯放电话,念叨说,真是焦人,太焦人了。我又不能把她捆在身上。

我说,你别急。一有消息我就告诉你。

父亲说,我说泥巴,如果你妈真的糊涂了,会不会搞忘了我们离婚的事?如果她搞忘了,我就回家照顾她。我肯定把她看得死死的,免得这个样子提心吊胆。

爸。我叫了一声,鼻子发酸。

父亲说，唉，我答应过你外公外婆，要好生照顾她一辈子。

我眼泪在眼眶里打转。父亲仿佛看到了似的说，泥巴莫慌，你妈不会有事的。也许她就是出去办事，时间长了点儿。就算早上六点到现在，也不到十个小时。

我能说什么呢？我狠心掐了父亲的电话，打给丈夫，我告诉他，母亲离家出走了，今晚我要在母亲家等她，让他管好儿子。我说如果母亲一夜未归，我明天一早就去派出所报案。

丈夫也被这突发状况搞蒙了，反复说，有事就给我打电话，有事就给我打电话。完全没有了平日里的精明能干。也是,每个人面对应激状态,都需要一个反应过程。我没给小姨打电话。少一个人焦虑吧。我又试着打母亲的手机,依然响到断都不接。

我颓然倒在沙发上,那是母亲常坐的沙发,她与那个沙发几乎融为一体了,要么拿着书,要么拿着手机。可是,她现在把自己剥离了,把自己扔到外面去了。

墙上的时钟依然不紧不慢走着,寂静中能听见它的足音。我浑身绵软,欲哭无泪。忽然想,如果母亲遇到这样的情况会怎么样?她一定会说,天塌不下来。是,天塌不下来,要镇定。世上的确有深渊,但无底深渊不多。这也是母亲说过的。

也许母亲不过就是没听到电话，电话静音了？也许手机丢了？也许她去看哪个朋友，被朋友挽留了？不不，都不像。

我深吸一口气，缓缓吐出，再深吸一口气，再缓缓吐出。

这是母亲教我的，对放松情绪很有效。屋子里闷热难耐，我站起来打开空调，我和房间都需要冷静。

十七

是的,我总是这样,随时想起母亲的教导。我丈夫说,我总是把"我妈"挂在嘴上,什么都是"我妈说的"。母亲会不会留了纸条什么的?我开始搜寻。

客厅的两面墙书架已经空了,只散落着一些杂志,高大的空荡荡的书架,给人一种被抛弃的荒凉感,仿佛战败后的战场。书架没有书,就跟嘴里没有牙一样丑陋。好在,我知道这些书一定已经去了学校图书馆,希望它们被善待。

我走进母亲的小书房。电脑竟还开着，屏保在闪。桌上摆满了资料，感觉是母亲自己打印出来的，果然，都是关于老年认知障碍和阿尔茨海默病的资料，《如何正确看待脑萎缩》《美好晚年的不速之客》《协和专家告诉你容易忽视的老年痴呆征兆》《如何区别正常记忆退化和早期老年痴呆》……其中不少我也看过。

在这些资料里，还混杂着一些母亲默写的诗词，不只是背诵，母亲也喜欢默写，她说电脑再方便也得用笔写，不然时间长了，提笔忘字，丢人。母亲的字很漂亮，潇洒不羁，但是眼前的这几张，看上去有变化了，显得胆小、犹疑、迟缓。似乎写了横，就忘了下一笔是竖还是撇。

我坐下来,点击屏幕,想进入母亲的文件夹看看。在此之前,我是绝不会这么做的,不管母亲写的是学术论文,还是其他,她不给我看我是不会碰的。但现在顾不了那么多了,我必须找到进入她密室的钥匙,我要知道她想干什么。

母亲的文档很有条理,不出我所料。里面分了很多文件夹,有"论文",论文里又分了年代;有"资料",资料又分了生活资料和学习资料;还有"日记",日记又按年份分开。

我点了日记,点了今年一月。每天都只有几句话。比如:上午整理出已经发表过的论文目录,下午看书、听书,晚上和云泥一家吃饭。基本是流水账。我直接拉到文末，发现她的日记截止到一月底。二月就没有再写了。

但是，在后面，赫然出现一个清单，写着"近期内需要完成的事"。

第一，和老卢离婚；

第二，和云朵谈一次（在下方画了两道横线）；

第三，整理所有银行卡账号和密码，登记理财产品情况；

第四，捐书；

第五，处理家里不必要的东西；

第六，处理掉不必要的信件资料；

第七，咨询养老院。

虽然,她写下的这几件事,大都已经发生了,我都知道。但这么赤裸裸地出现在屏幕上,还是让我心惊肉跳。

接着,我发现她又断断续续写了文字:

——云泥似乎有感觉,老是催我去医院。妹妹也一起来催。她们一定在背后议论过我了。

——今天很丢人,去医院开药,药费三百二十多,我非要给人家三千二百多,幸好收款的小姑娘人好,没有接过去,提示我多给了。

——今天第一次,我没有背完《离骚》。中间卡住几次。

——今天去德仁医院看了一下，条件还不错，但依然让我害怕。那些失智的老人，要么克制不住地抖动，要么克制不住地瘫软，让我看到了以后的自己。一个人若既不能把控思维，也不能把控行为，太可怕了，无法接受。

——今天早上起床，错把安定当成降压药吃了，倒头睡到中午。感觉很奇怪，后来看到分装药盒才明白。我是真糊涂了。

——我会变成植物人吗？如果真的变成植物人，一棵树，或者一丛灌木，那倒好了，每年都可以发新芽，可以开花，可以生长。可植物人不是植物，不会开花生长的。我会变成一种既不是植物也不是动物的生命状态吗?那将是多么糟糕的丑陋的生命状态。

我看得口干舌燥,起身去找水喝。

屋子里那些东西,母亲坐过的沙发,用过的杯子,好像被打了聚光灯一样凸显在我眼前。突然,我看到饮水机旁放着个小旅行箱,是母亲外出常用的那个。我连忙打开,箱子里有几件衣服,还有洗漱用具。难道母亲是打算外出?为什么又没拿走?

再四下里看,发现茶几上还放着一个纸箱。那个纸箱我熟悉,今年春节时母亲曾把它交给过我,让我拿回家。箱子里是我早年给她织的毛背心、披肩和毛袜。我快要结婚时，母亲开始教我织毛衣。母亲说一个女人，总要会两样女红吧。在这方面，母亲又是很传统的。在家休息期间，我便给肚子里的儿子织了几件小毛衣。又给父亲母亲各织了一件毛背心，后来又给母亲织了条披肩。母亲虽然很少用，但很珍惜，有一次小姨来，她还特意拿出来给小姨看：云泥给我织的，让我看稿子的时候披着。

父亲老家有个习俗，人离世后，要烧掉逝者常穿的衣物，那年我们参加奶奶葬礼，看到父亲家人拿了两大包衣物在焚烧。母亲当时就小声说，太可惜了，这是什么习俗啊。我知道母亲向来不在意习俗，但是，活在被习俗包围的社会里，也不得不在意。我猜母亲把这些东西交给我，是希望这些东西在她走后，不要当成遗物烧掉。

可是她不过是六十多岁而已，身体也没什么大问题。我当时拒绝拿走：干吗给我，你嫌弃了吗？这毛背心还可以穿的，质量那么好。披肩也可以用的。

现在，这个纸箱上面用粗笔写着：给云泥。

我打开，除了那几样我熟悉的东西外，还有一个软面抄本子，本子上也写着"给云泥"。我迫不及待拿起来翻开，里面掉出两张银行卡。而第一页,就是给我的信。我的心一阵狂跳,难道是遗书?

云儿:

本来我是想和你面谈的,但几次见到你都开不了口,也怕自己语无伦次,还是以写信的方式和你谈吧。这信也是一拖再拖。不是没时间,而是在逃避。即使面对我自己,我也害怕真相。但现在必须写了,再不写我要说不清楚了。

正如你所感觉到的那样,我的脑子出问题了。从今年初,不,其实是从去年底开始的,我感觉脑子不如从前了。不只是记性不好,还经常发生混乱,经常出现年轻时候的事情。学习的时候,也经常发呆,效率很差。

我知道你外公家族有精神疾病的遗传,我一直在担心。我成天学这个学那个,玩儿游戏,就是不想让自己的脑子生锈。但它还是生锈了。你常说我是个把控能力很强的人,现在我却要走向反面了,可能连最简单的生活都不能把控了……

(写到这儿突然没有了,大片的空白。我翻页,后面又有了。)

昨天我写了一会儿去倒水喝,喝完

水我就出门了,完全忘了写信的事。今天看到摊开的本子,又想起来了。

我现在就是这样的状态,每天糊涂和清醒交替占领我的大脑。清醒的时候,我知道自己要做什么,赶紧写下来;可是糊涂的时候,我看着纸条也想不起来这件事做过没有。只感觉脑子发蒙、混乱。好像有短暂的失忆。

我真的会一点点变傻、变糊涂,到完全失智,完全不能自理吗?如果是,真的比死还可怕。可是我没有勇气选择死。不但缺乏勇气,甚至也缺乏能力,自行了断不是个容易的事。

你和小姨一直动员我去医院，我不愿意去。我心里明白是怎么回事。去医院无非是把我的状态用医学名词描绘出来。不需要那样。我需要做的，就是在彻底糊涂前，把该处理的事情处理了，该安排的事情安排了。

我知道，一旦我成了糊涂虫，你父亲、你小姨、你，都不会丢下我不管的。但我不能成为你们的拖累，我不能容忍自己成为拖累。所以趁着现在还有能力，我要把自己安排好。这几个月我一直在努力。现在已经基本完成了，唯一遗憾的是书没有写完，我已经无能为力了。

（又出现很大的空白，没字，我翻页，没有，再翻页，有了。）

我有三件事交代给你。

第一，你的父亲是个非常好的人，我很感激他给了我四十年安稳的生活。他爱你，爱这个家，孝敬老人。当年你外公外婆生病住院，他比我和小姨都尽心。可以说，我们两边的父母都是他养老送终的。我和他分开，是不想再拖累他。以你父亲的性格，他会把自己累死的。所以，你一定要好好孝顺他，为他养老送终。

第二，这些年我努力管理咱们家财产，小有收益。我给了你父亲一半，剩下的一半给你。这些日子我已经把大部分理财产品、基金以及股票赎回了，分别存在两张卡上。还有少量没到期的，你来处理。手机银行账号和密码，还有银行卡密码，都写在本子最后一页。

第三，我走后，不要举行任何仪式，让我悄悄离开。也不要买墓地。墓地会成为你们的负担，年年清明都要在路上堵车，而地下的人全然不知。就简单烧了，撒到一棵树下就行。

（空白，又是一整页空白。我再翻页，一直翻到末尾，又看到了。）

云泥，妈妈很爱你，为你感到骄傲。你不但聪明漂亮，你还善良，继承了你父亲的秉性。你比我强。我之所以这样做，不是不信任你，是不想拖累你，你有你的人生。我不想拖累任何人。我不想听凭命运的安排。

再见，不要来找我。

　　　　　妈妈于深夜

我看了一遍，又看了一遍。反复看了几遍。我不能判断母亲这些文字是什么时候写下的，有一点可以确定，她不是一口气写的，一定是分了好多次，想起一点儿写一点儿。但最后那段有日期，是昨天夜里。

"不要来找我",这句话的意思是什么?焦虑的情绪再次填满了我的五脏六腑。

电话忽然响了,吓我一跳。

我接起电话,是父亲:我想起一件事泥巴,得马上告诉你。父亲说,你记得不,你妈退休那年,你小姨和姨父邀请我们去九寨沟耍?那是这辈子我唯一一次和她出去耍的地方。那天我们在一个特别漂亮的湖旁边,叫啥子海哦,水特别蓝,像镜子一样,一点儿波浪都没有,湖旁边还有一棵光秃秃的松树。

我说,是不是长海?

父亲说,对对,就是长海。你妈在那

个地方站了很久，还和我们说，这个地方简直像仙境一样，美到让人想死。我要是哪天不想活了，就到这儿来，沉下去当条鱼。我们当时感觉她是在开玩笑，没当回事。但是回家后，看到照片她又说了一次。你晓得的，你妈就是爱说些奇奇怪怪的话。我也没在意。但是我刚才突然想起了，脑壳一下就炸了。你说她会不会？

我脑子里警铃大作。母亲她，难道独自去了九寨沟？

我放下父亲电话，迅速打给丈夫，我说我们得马上报警，现在。丈夫蒙了一会儿说现在吗？我说，对，就是现在，必须马上报警，找我妈，不然就来不及了。

十八

后来的事,我就简要地告诉您吧。

我们通过警察的帮助,调取了几处监控录像,很快得知了母亲的行踪:她早上六点半就离开了小区,上了一辆出租车。警察查到出租车一问司机,她去了火车站。再问火车站。车站果然说他们那里出现过一位疑似走失的老人,拍照过来一看,正是我母亲。但车站又说,这位老人已经离开了,就在一个小时前,工作人员没注意的时候,她走了。再追查监控录像,一点点地找,真的很感谢那两位警察,很耐心,终于发现母亲离开车站后又上了出租车,据司机说,他把母亲送到了打铜街某某号。我马上反应过来了,母亲是去了我们早年的家。

于是我们迅速开车赶过去,生怕她再离开。还好,母亲在那儿,她在那儿!她蜷缩在我们老院子院门口的一张破旧沙发上,脸色青黄,见到我,她像孩子一样愧疚地说,我走错地方了,对不起。

我上去把她抱在怀里,泪如泉涌:没事儿的,妈,我们回家去。

原来,母亲的确买了去九寨沟的机票。但是坐上出租车后她恍惚了,告诉司机去火车站。其实出门的时候她已经恍惚了,行李箱都没拿。进到火车站大厅后，嘈杂拥挤的人流让她的脑子更加混乱。她想不起自己是来这里做什么的。她在人头攒动的大厅里发呆、转悠。直到中午被车站一位工作人员发现。那位工作人员问她有什么需要帮助的，她说她要去九寨沟，还问在哪儿登机。工作人员感觉不对劲儿，把她带回了办公室，问她家在哪里，家人电话是多少。但母亲却翻来覆去地说，她要去九寨沟。工作人员尚未来得及向派出所报告，母亲忽然离开了。

母亲原以为她安排好了一切，搞定了一切，临门一脚却出了问题，本该去机场却去了车站。而我，得庆幸她这一脚出了问题。如果她顺利去了机场，顺利登机到了九寨沟，后果不堪设想。

母亲回到家倒头就睡。一天的折腾让她耗尽精力。她一直睡到第二天上午。醒来后，一眼看到身边的父亲，她竟笑眯眯地说，不好意思，我睡过头了。然后她看到了小姨，错把小姨当成我，云泥你怎么还不去上学？

等下午我去看她的时候，她基本恢复了状态。我上前抱住她，闻着她身上熟悉的气味，我暗想，以后每次见面都要抱抱她。我说，妈，你怎么能说走就走呢，你不管我了。她说，我不走了。我不甘心。我还要努力。我说，这就对了，我妈妈从来不投降。你一定知道尼采那句话吧，打不死我的，只会使我更强大。母亲笑了，那笑容像是遇见了熟悉的人。

父亲在一旁大声说,当然不能投降,我们要抵抗到底,守住阵地。我们两个是你的同盟军,对不对?母亲依然笑而不语。

后来的日子,母亲的状况时好时坏。所谓好,就是她清醒过来了,各种折腾,不要我们管她,一如既往地逞强,以为她还和从前一样;所谓坏,就是糊里糊涂的,不知今夕何夕,任由我们照顾,很顺从。所以,真难说什么是好什么是坏了。

我们带她去做了检查。检查结果在意料之中。但医生说,单看结果,她还没到很严重的状态,可以不住院。但是她太过紧张了,反而加重了病情。如果家人好好陪伴,让她放松下来,会好很多。

这话让我很懊悔。我早该这么做的。可是很多人生经验，获取的时候，不都已经无用了吗？

医生还告诉我一个好消息，目前已经有了这方面的药物。美国一家医药公司宣布，他们研制的首款可治疗阿尔茨海默病的药物，已经通过临床测验，就要投入生产了。同时我们国家也研发生产出了阿尔茨海默病新药，名字叫九期一，已经上市了。这个药是从肠道菌群入手，通过重塑肠道菌群的平衡，降低两种代谢物质的积累，从而减轻脑内神经炎症，改善认知障碍的。

我把医生的话转告给母亲，母亲忽然很清晰地说，我天天折腾我的脑子，没想到问题却在肠道。闹笑话。

现在我父亲搬回了家，每天陪着母亲，上哪儿都带着母亲。买菜，散步，访友。客厅那几个空书架处理掉之后，父亲搬回了他的麻将桌。这样他不出门也可以打麻将了。书桌和麻将桌的替换，意味着这个家的改朝换代。父亲的几个老麻友都认识母亲，据说母亲对他们都报以女主人的亲切微笑，呈现出一种从未有过的平和状态。她没再提离婚的事，我不确定她是真的忘了，还是在暗中放弃了，不再较劲儿，愿与父亲结成同盟，共同抵抗。

父亲说他再也不会离开母亲了。不管她高兴不高兴，就要一直陪着她、照顾她。他说母亲就是他的命，他不能摆脱，硬要摆脱就会出乱子。他还说了一句很哲理的话：深渊是有的，但无底深渊不多。

昨天我回家去看母亲。进门，就见父亲在厨房洗菜，那个光亮的脑袋已经泛起一层白茬。我小声说，爸，还好吧？父亲点点头，简短地说，正常。跟着又加了一句，就是老拿一本书，吃饭睡觉都拿着。

我进屋，见母亲独自坐在阳台上，手上果然拿着书。阳台用玻璃窗封成一个小暖房，放了两把藤椅，一个小圆桌。一瞬间，记忆的水位上涨，我脑海里浮现出了从前的光景，父亲和母亲一起坐在那儿晒太阳。父亲打盹儿，母亲看报。我回去了，父亲马上加一把椅子，让我坐在他们中间，我勉为其难，但还是会坐下来，和他们说说话。

日子一页页翻过去,不管是好看的页面还是难看的页面,都被翻过去了,翻不回来了,翻回来也是"只读"文件了,无法修改,无法复制。

窗下那一树繁盛的桂花,被昨夜的雨打落在地,黄黄一片。这情景,到底是应了陆游说的"零落成泥碾作尘,只有香如故",还是更贴近林黛玉说的"花谢花飞花满天,红消香断有谁怜"?也许要看个人的心境吧。如果是母亲,一定会选前者,作为女性,她是少有的硬朗的人,很少悲悲切切,很少自怜。如果是父亲,说不定反而会选后者,父亲有时候流露出的眼神，很林黛玉。

我陡然意识到，所谓的幸福，只存在于回忆中。或者说，幸福就是拿来回忆的，唯有旧日子能使我们快乐。就在一年前，我们还是个幸福的家，父母互相陪伴，相安无事，我们每个星期天去看他们，一起吃晚饭。晚饭后丈夫会和父亲下棋，尽管他说父亲是臭棋篓子。我和母亲尽情地聊天，牛牛则钻进母亲书房去玩儿电脑。那时候的母亲，伶牙俐齿，妙语连珠，笑声朗朗，经常让我开怀大笑。可是我身在其中时，从来没觉得那是幸福，只觉得很普通，甚至觉得我们每个周末回家，是为了尽孝，而不是享受。

现在我才明白，我曾经那样幸福过。

母亲很专心地盯着窗外在念叨什么,完全没发现我的到来。我走近,俯身,仔细听。听出来了,母亲是在背《离骚》:帝高阳之苗裔兮,朕皇考曰伯庸……但也仅仅是这两句,翻来覆去的。

我叫了一声妈。她转过脸来,我弯下腰揽住她的肩膀,贴贴她的脸颊。她有些骄傲地说,别打搅我,我在背《离骚》呢。

我朝她伸出大拇指,我说,妈,你好厉害。

我是由衷的。